LA HABITACIÓN MALDITA
MALDITA
John H. Watson

© John H. Watson, 2025.

Sherlock Holmes, Watson, Lestrade, Mycroft Holmes, la señora Hudson y los Irregulares de Baker Street son personajes creados por Arthur Conan Doyle (1859-1930), que se encuentran en dominio público desde enero de 2023, momento además en el que se anuló la vigencia de la marca «Sherlock Holmes».

Esta historia ha sido inscrita en el Registro de la Propiedad Intelectual. Se prohíbe su uso sin autorización. El plagio supondrá el emprendimiento de acciones legales contra el infractor.

Todos los derechos reservados.

Más allá de la inspiración que hago constar en la dedicatoria, cualquier parecido con personajes reales o imaginarios es pura coincidencia, incluido el de las personas a quienes le dedico esta historia, cuyas características, circunstancias vitales y forma de ser nada tienen que ver con los personajes de la novela.

Tabla de Contenido

La carta.. 1
Un legado sombrío 7
Muerte en la habitación maldita... 13
La historia de Ava 19
La llegada de Robert Livingstone.. 25
Dos muertos 31
Robert y Ava 37
El nuevo testamento.. 43
Ecos del pasado 49
El fantasma.. 57
El diario 63
Visita a los archivos 69
Encañonados 75
Ejecuciones y pasadizos 81
El viaje de vuelta.. 87

Para Ava Devine y, por supuesto, para Judith Anderson

La carta

Era una tarde tranquila en Baker Street, una de esas que se quedaban grabadas en mi memoria por la serena monotonía que las envolvía, tan solo rota por los pequeños rituales de nuestra vida cotidiana. Los últimos rayos del sol invernal iluminaban débilmente nuestras habitaciones, arrojando tonos anaranjados y dorados sobre los muebles oscuros y las cortinas gastadas. El ambiente estaba impregnado por el inconfundible olor del tabaco, un aroma tan característico de la presencia de Holmes como su afilada capacidad de deducción.

Mi amigo estaba, como de costumbre, sumido en uno de sus característicos estados de concentración. Su silueta delgada y angulosa se recortaba contra la ventana y su mirada estaba fija en un desordenado amasijo de papeles extendidos sobre la mesa. En una mano sostenía su pipa y con la otra tamborileaba suavemente sobre el brazo del sillón. Desde mi posición en la butaca, con el periódico extendido frente a mí, lo observaba con cierta fascinación. Había algo hipnótico en su manera de estudiar lo que para mí parecía un caos indescifrable.

Intenté concentrarme en las noticias del día, aunque mi atención iba y venía entre las columnas de tinta y los pequeños gestos de Holmes. Los titulares hablaban de la política exterior, de un escándalo menor en los círculos de la nobleza y de un robo en un banco de poca monta. Nada que pudiera competir con el magnetismo de mi compañero o, por lo menos, con el tipo de casos que a él le gustaban y que estimulaban su intelecto.

De repente, el sonido metálico de la ranura de correo interrumpió nuestra calma. Un sobre blanco, de papel grueso y con un sello lacrado, cayó sobre la alfombra con un suave golpe. Holmes levantó la vista por un breve instante.

—¿Va a recogerlo, Watson, o planea permitir que la alfombra haga las veces de escritorio? —preguntó con su tono habitual, en un cruce entre la ironía y el afecto—. Recuerde que la señora Hudson nos comentó que pasaría toda la tarde fuera y me imagino que por eso el cartero la habrá entregado de esta forma.

Me levanté y recogí el sobre. Su peso y textura me indicaron que no se trataba de una carta ordinaria. El remitente, *Ava Levine, Livingstone Hall*, no me decía nada, pero el membrete elegante y el cuidado sello me sugirieron que podría tratarse de algo importante. Rasgué el borde con cuidado y extraje una hoja de papel cubierta de escritura apretada y algo temblorosa.

—Es para usted, Holmes —anuncié, extendiéndosela con algo de expectación.

Tomó la carta con la rapidez de un sabueso que ha captado un rastro y, una vez abierta, sus ojos empezaron a recorrer sus líneas con voracidad. Su rostro, inicialmente neutral, comenzó a mostrar un brillo de interés y adquirió esa chispa tan peculiar que tan solo surgía cuando el misterio llamaba a nuestra puerta.

—Interesante, muy interesante —murmuró para sí, antes de aclararse la garganta y leer en voz alta.

LA HABITACIÓN MALDITA

Estimado Sr. Holmes:

Mi nombre es Ava Levine, pupila del señor Silas Livingstone. Me veo en la necesidad de recurrir a usted debido a los recientes acontecimientos sucedidos en la mansión. Aunque no puedo explicar todo en detalle por carta, tengo razones para temer que mi tutor está en peligro inminente. Durante las últimas semanas, he encontrado mensajes amenazantes dirigidos al señor Livingstone, firmados únicamente con una inicial. Además, el ambiente en la casa se ha vuelto opresivo, como si una sombra estuviera siempre presente. No tengo a quién más acudir. Le suplico que venga a Livingstone Hall a la mayor brevedad posible.

Ava Levine

Holmes dejó caer la carta sobre la mesa.

—Un caso que promete, Watson —dijo finalmente, con ese tono peculiar que siempre indicaba que su mente ya estaba empezando a barajar las posibilidades que ofrecía—. Un millonario excéntrico, una joven pupila angustiada y mensajes anónimos. Podría ser cualquier cosa, desde una broma infantil hasta una conspiración elaborada.

—No paramos de meternos en lúgubres mansiones, Holmes —comenté, recordando los últimos casos a los que habíamos hecho frente— ¿Tiene pensado aceptarlo?

—Por supuesto, amigo mío —respondió, poniéndose en pie con un movimiento rápido y decidido—. ¿Acaso tenemos algo mejor que hacer? Recoja su abrigo y prepare su maleta. Partiremos esta misma noche.

No pude evitar sonreír. Había algo revitalizante en la energía con la que Holmes abordaba un nuevo caso, como si todo su ser se iluminara ante la promesa de un desafío intelectual.

Mientras preparaba mi maleta, no podía evitar preguntarme qué clase de enigma nos esperaba en Livingstone Hall. Holmes, por su parte, estaba completamente absorto en organizar los detalles de nuestra partida. Observaba el reloj con frecuencia y, tan pronto como la señora Hudson regresó, empezó a darle miles de instrucciones acerca de nuestra partida, como si la pobre mujer no estuviera más que acostumbrada a nuestras reiteradas idas y venidas.

La noche ya había caído cuando salimos hacia la estación de tren. Londres estaba envuelta en una ligera niebla y las farolas proyectaban halos dorados que apenas iluminaban las calles adoquinadas. A pesar del frío, Holmes caminaba a buen ritmo, como si la perspectiva del caso lo protegiera de las inclemencias del tiempo.

El tren hacia Grinton, donde se encontraba Livingstone Hall, partió con puntualidad y, mientras avanzábamos a través del oscuro paisaje campestre, Holmes permaneció en silencio, absorto en sus pensamientos. Yo, por mi parte, intentaba imaginar a Ava Levine y la inquietante atmósfera que había descrito en su carta. Livingstone Hall, un nombre que evocaba imágenes de opulencia y secretos, se perfilaba en mi mente como un lugar tan fascinante como peligroso.

Al descender del tren, alquilamos un carruaje tirado por caballos negros. El cochero, un hombre de aspecto rudo y mirada esquiva, apenas intercambió palabras con nosotros mientras cargaba nuestro equipaje. El trayecto hacia Livingstone Hall se hizo en absoluto silencio. El único sonido provenía del crujir de las ruedas sobre el camino y el ocasional relincho de los caballos.

LA HABITACIÓN MALDITA

Cuando la mansión apareció ante nosotros, no pude evitar sentir un escalofrío. Era un edificio imponente de piedra oscura, con torres que se alzaban como centinelas bajo la pálida luz de la luna. Las ventanas altas y estrechas parecían ojos que nos observaban y un halo de misterio rodeaba cada rincón visible de aquella estructura.

Holmes se inclinó ligeramente hacia adelante, como si estudiara cada detalle del edificio desde la distancia.

—Otra mansión más como usted dice, mi querido Watson —me comentó en voz baja—. Veamos qué sorpresas nos depara esta.

Un legado sombrío

El carruaje se detuvo frente a Livingstone Hall con un chirrido de ruedas y el resoplar cansado de los caballos. La mansión se alzaba ante nosotros, oscura y desafiante. La luna apenas iluminaba los contornos de la estructura y la silueta de las torres se recortaba contra un cielo encapotado. Holmes descendió del carruaje con su característico aplomo, mientras yo, cargado con nuestro equipaje, no podía evitar sentir una inquietud creciente.

La puerta principal se abrió antes de que pudiéramos llamar y una joven de ojos brillantes nos recibió.

—Gracias por venir tan rápidamente, señores. —dijo, extendiendo una mano temblorosa para saludarnos—. Estaba segura de que lo harían, pero confieso que no imaginaba que fuera a ser tan pronto. Su presencia aquí es un gran consuelo para mí, créanme.

Holmes la examinó detenidamente antes de responder, como si intentara leer más allá de sus palabras.

—Es un placer, señorita Levine. Por favor, condúzcanos al interior; parece que hay mucho de qué hablar.

Ava nos guio a través de un vestíbulo amplio y sombrío, cuyas paredes estaban cubiertas de retratos de generaciones pasadas de los Livingstone. Los ojos de aquellos rostros pintados parecían seguirnos mientras avanzábamos, intensificando la sensación de estar siendo observados. Al llegar a un salón decorado con muebles antiguos y pesados cortinajes, la chica nos invitó a tomar asiento.

—¿Qué sabe sobre esta casa, señor Holmes? —preguntó, acomodándose en una butaca junto a la chimenea. Su voz tenía un tono nervioso, como si temiera tanto hablar como guardar silencio.

—Sé lo suficiente como para comprender que su historia está ligada a tragedias familiares y me figuro que a un misterio que requiere ser desentrañado —respondió Holmes, cruzando las piernas y observándola con atención—, si bien me gustaría escuchar los detalles de su propia boca.

Ava suspiró profundamente antes de comenzar a hablar.

—Livingstone Hall ha sido el hogar de mi tutor, Silas Livingstone, durante toda su vida. Es un hombre difícil, autoritario y... paranoico. Pero no es de él de quien quiero hablar, sino de esta casa. Tres generaciones de la familia Livingstone han muerto aquí y todas ellas en la misma habitación. En cada caso, la causa oficial fue distinta, pero siempre hubo algo extraño, algo que no encajaba.

—¿Y esa habitación sigue en uso? —preguntó Holmes, entrecerrando los ojos.

—Sí —respondió Ava con un leve temblor en la voz—. Es el dormitorio principal, el mismo que ocupa ahora mi tutor. Por mucho que le insisto, se niega a cambiar de habitación. Insiste en que no cree en supersticiones, aunque su actitud sugiere lo contrario. Desde hace semanas, ha estado más paranoico que nunca, asegurándose de que las puertas y ventanas estén cerradas con llave y llevando consigo una pistola cargada en todo momento.

Holmes asintió lentamente.

—¿Y qué hay de los mensajes amenazantes que mencionó en su carta? —intervino.

La chica se inclinó hacia adelante.

—Han aparecido en su escritorio, en su habitación e incluso en su plato durante la cena. Siempre con la misma firma, una inicial «S». No tengo idea de quién podría estar detrás, pero estoy convencida de que alguien dentro de esta casa tiene intenciones oscuras.

—¿Quiénes más residen aquí? —preguntó mi amigo.

—Además del señor Livingstone y de mí misma, está el mayordomo, el señor Pearson, que ha servido a la familia durante décadas. También están la cocinera, el ama de llaves y un par de criados más. Pero... —Ava vaciló, como si dudara en continuar.

—Por favor, continúe —la animó Holmes con suavidad.

—No me fío de nadie, señor Holmes. El ambiente aquí es opresivo. No puedo evitar sentir que todos tienen algo que ocultar.

Holmes guardó silencio por un momento, observando a Ava con una intensidad que parecía penetrar en su alma.

—Aunque es ya bastante tarde, si usted no tiene inconveniente, el doctor Watson y yo exploraremos la casa esta misma noche —anunció finalmente, poniéndose de pie—. Hay muchas preguntas que necesitan respuestas y sospecho que Livingstone Hall guarda más de lo que muestra a simple vista.

LA CHICA NO SOLO NO nos puso ningún problema, sino que fue ella misma la que nos llevó primero a la que llamó «la habitación maldita».

Se trataba de un dormitorio amplio y lujosamente decorado, aunque impregnado de una atmósfera inquietante. Las cortinas pesadas cubrían las ventanas y un enorme dosel adornaba la cama. Como era tan habitual en él, Holmes recorrió la habitación con su mirada aguda y precisa de forma que cada detalle parecía atraer su atención. Se arrodilló junto a la cerradura de la puerta y la examinó detenidamente.

—¿Cuánto tiempo hace que se instaló esta cerradura? —preguntó de repente.

—No lo sé con certeza, pero sí puedo decirle que el señor Livingstone ordenó que la cambiaran hace unas semanas —respondió Ava, sorprendida.

—Mmm, interesante. Las marcas alrededor de la cerradura indican que alguien ha manipulado esto recientemente, aunque de manera torpe. ¿Un intento de entrar o de asegurarse de que no se pueda abrir desde fuera? Eso aún está por verse.

Holmes continuó inspeccionando la habitación, deteniéndose en el marco de una ventana que parecía haber sido forzada en algún momento.

—De momento hay muchas preguntas, pero descuide, que ya las transformaremos en respuestas —sentenció, enderezándose.

De regreso en el salón, nos encontramos finalmente con Silas Livingstone. Era un hombre de avanzada edad, de rostro severo y ojos penetrantes que parecían capaces de perforar el alma de cualquiera. Se encontraba sentado en un sillón junto a la chimenea, con una pistola descansando sobre la mesita a su lado.

—Ustedes deben ser los hombres de Londres —dijo con una voz ronca y cargada de desdén—. Espero que puedan justificar mi gasto, porque no creo en supersticiones ni en cuentos de fantasmas.

Holmes inclinó ligeramente la cabeza, como si el comentario no le afectara en absoluto.

—No estamos aquí para perseguir fantasmas, señor Livingstone, sino para buscar hechos y créame que será lo que hagamos.

Las palabras de Holmes no hicieron que el hombre cambiara la severa expresión de su rostro.

—Haré que Pearson les muestre sus habitaciones, pero les advierto que, por mucho que Ava les haya llamado, si interfieren demasiado en nuestra vida o hacen preguntas inapropiadas, les pediré que se vayan.

—Entendido, señor Livingstone —respondió Holmes con frialdad—, aunque le sugiero que no subestime el peligro al que se podría estar enfrentando.

El viejo frunció el ceño, pero no respondió. Por su parte, Ava nos dedicó una mirada de disculpa antes de despedirse.

Cuando finalmente nos retiramos a nuestras habitaciones, Holmes estaba más enérgico que nunca, sin parar de murmurar para sí mismo.

—Este caso, Watson, tiene todas las características de un rompecabezas perfecto. Intriga, peligro y un legado sombrío, pero lo que más me intriga es la figura de Silas Livingstone. ¿Es solo una víctima potencial o hay algo más que se nos está escapando?

No supe qué responder.

Muerte en la habitación maldita

La noche cayó sobre Livingstone Hall como un manto de silencio inquietante pero no duró demasiado, puesto que la calma absoluta que reinaba en el lugar fue rota abruptamente por un grito desgarrador que resonó por toda la mansión.

Me levanté de un salto y me apresuré a salir al pasillo, donde me encontré con Holmes, quien también había abandonado su habitación ante semejante alarido.

—¡El grito vino del ala oeste! —dijo Ava, que apareció con una lámpara temblorosa en las manos y los ojos llenos de terror—. ¡Es la habitación del señor Livingstone!

Holmes no perdió ni un segundo y corrió hacia la dirección señalada, seguido por Ava y por mí. Al llegar a la habitación maldita, nos encontramos con la puerta cerrada. Ava trató de abrirla, pero estaba trabada desde dentro. Sin dudar, Holmes dio un paso atrás y embistió la puerta con su hombro. La madera, envejecida por el paso de los años, cedió con un estruendoso crujido.

La escena que encontramos fue escalofriante.

Silas Livingstone yacía inmóvil en la cama con el rostro contorsionado en una expresión de puro terror. Sus manos estaban crispadas, como si hubiera intentado defenderse de algo invisible, y su cuerpo estaba cubierto por unas sábanas que se encontraban revueltas. Su cuello estaba rajado de parte a parte y la sangre salía por él a borbotones.

—¡No puede ser! —gimió Ava, llevándose las manos al rostro—. ¡Esto no es posible!

Holmes se acercó lentamente al cuerpo, se inclinó sobre el cadáver y examinó el cuello con atención antes de volver a centrar su atención en el resto de la escena. Acto seguido, comenzó a recorrer la habitación, observando cada rincón con su mirada analítica. Se detuvo junto a la ventana, cuya cortina estaba ligeramente corrida, dejando entrever el frío brillo de la luna. Corrió la cortina por completo y examinó el alféizar.

—Interesante —murmuró, señalando algo con el dedo—. Watson, acérquese.

Hice lo que me había pedido y vi lo que Holmes había encontrado, unas pequeñas manchas de tierra húmeda en el alféizar de la ventana. Eran pocas, pero suficientes como para sugerir que alguien había entrado o salido por allí no hacía mucho.

—Esto es reciente —continuó Holmes, hablando más para sí mismo que para los demás—. La tierra aún está fresca, probablemente traída de los jardines exteriores.

—¿Cree que alguien entró por aquí? —pregunté, aunque la respuesta parecía obvia.

—Es una posibilidad que no podemos descartar. Sin embargo, observe el patrón —dijo, señalando las manchas—. No son marcas de pisadas completas. Más bien parece que algo fue arrastrado o que alguien se movió con sumo cuidado para no dejar rastro evidente.

LA HABITACIÓN MALDITA

Holmes se giró hacia Ava, quien permanecía petrificada junto a la puerta, todavía en estado de shock.

—Señorita Levine, ¿hay alguien en esta casa que pueda tener acceso a esta habitación además del señor Livingstone?

—No... no lo sé. Mi tutor era muy estricto con las cerraduras. Solo él y Pearson, el mayordomo, tenían las llaves de esta habitación, pero Pearson nunca haría algo así. Es leal, siempre lo ha sido.

Holmes no comentó nada al respecto, si bien su ceño fruncido indicaba que algo no le cuadraba.

—¿Dónde está Pearson ahora? —preguntó.

—Probablemente en su habitación, en el ala sur —respondió la chica, algo insegura.

—Entonces tendremos que hablar con él más tarde —decidió Holmes—, pero por ahora necesito más información sobre esta ventana.

Holmes abrió la ventana y se asomó hacia el exterior, donde la luz de la luna iluminaba débilmente los jardines. Observó detenidamente el marco y el cristal, pasando los dedos por la superficie.

—Aquí hay otra pista —anunció, señalando un rastro casi imperceptible en el borde del marco—. Algún tipo de tela o guante dejó esta marca. Quienquiera que entrara por aquí estaba preparado para no dejar huellas directas.

Mientras Holmes continuaba su inspección, yo no podía apartar la vista del cuerpo de Silas Livingstone. Había algo en su expresión de terror que me hacía estremecer. Era como si hubiera visto algo más allá de lo comprensible, algo que le había arrancado el último aliento.

CUANDO TERMINAMOS EN la habitación, Holmes decidió que era hora de hablar con Pearson. Bajamos al ala sur, donde encontramos al mayordomo, aún vestido con su uniforme y, al igual que todos, con evidentes muestras de encontrarse desconcertado por los recientes acontecimientos.

—Señor Pearson, lamento importunarlo a esta hora, pero hay preguntas que necesitan respuesta inmediata —lo abordó Holmes con su tono más autoritario.

El mayordomo asintió, frotándose las manos con nerviosismo.

—Por supuesto, señor. ¿Qué desea saber?

—¿Cuándo fue la última vez que vio al señor Livingstone con vida?

—Lo vi cuando se retiró a su habitación después de la cena. Eso fue alrededor de las nueve de la noche. Estaba... más irritable de lo habitual. No quería ser molestado.

—¿Y usted, tiene llaves de su habitación? —preguntó Holmes, observándolo con atención.

—Sí, señor, pero no las he utilizado. Nunca entro a menos que él lo solicite.

Holmes asintió, aunque me dio la sensación de que no se había quedado completamente satisfecho con aquella respuesta.

—¿Notó algo fuera de lo común esta noche? ¿Algún ruido o alguna persona merodeando por la casa?

Pearson negó con la cabeza.

—No, señor. Todo estaba en silencio, al menos hasta que escuché el grito.

LA HABITACIÓN MALDITA

Mi amigo guardó silencio por un momento, como si estuviera evaluando cada palabra del mayordomo. Finalmente, se volvió hacia mí.

—Watson, necesito que recoja unas muestras de la tierra que encontramos en la ventana. Señorita Levine, ¿podría indicarme dónde se guardan las herramientas de jardinería de esta casa?

Ava asintió y nos condujo al exterior.

La historia de Ava

El frío nocturno nos envolvía mientras caminábamos hacia el cobertizo de herramientas, guiados por la temblorosa luz de la lámpara que Ava sostenía con ambas manos. La mansión, a nuestras espaldas, parecía aún más siniestra bajo la débil luz de la luna.

—¿Por qué las herramientas de jardinería? —me atreví a preguntar finalmente, rompiendo el silencio.

—Porque la tierra no llega sola a los sitios, Watson. Si alguien dejó rastros de tierra húmeda en el alféizar, es más que posible que esté conectada a algo que se haya movido en los alrededores y las herramientas de jardinería son un excelente punto de partida para rastrear huellas de actividad reciente.

La muchacha nos miró de reojo, sin decir nada. Finalmente, llegamos al cobertizo. Se trataba de una construcción pequeña y destartalada cuya puerta emitió un gemido lastimero en el momento en que Ava la abrió.

Holmes encendió su lámpara e iluminó el interior. A pesar de estar repleto de herramientas de uso cotidiano tales como azadas, palas, rastrillos y otros implementos similares, el cobertizo se encontraba ordenado de una manera que me llamó poderosamente la atención. Nada estaba fuera de lugar. Cada herramienta colgaba de su lugar designado en la pared o estaba cuidadosamente apilada en un rincón. Pese a ello, había algo en el aire del lugar, una sensación de abandono que parecía casi tangible.

—Muy bien, señorita Levine —dijo Holmes, colocando la lámpara sobre una mesa de trabajo—. ¿Sabe usted si toda esta herramienta se utiliza a menudo?

Ava lo miró confundida.

—No estoy segura, señor Holmes. El mayordomo es el que supervisa los jardines. Yo no suelo venir nunca aquí.

Holmes se inclinó hacia las herramientas, pasando la mano por varias de ellas, inspeccionando con atención las hojas y los mangos de madera. Finalmente, tomó una pala y la examinó con particular detenimiento.

—Interesante —dijo, señalando la hoja de la pala—. Hay restos de tierra aquí, aún húmeda. Parece que fue utilizada recientemente.

—¿Es eso relevante? —pregunté.

—Podría serlo. Fíjese en la textura de la tierra, Watson. Es similar a la que encontramos en el alféizar de la ventana.

Holmes dejó la pala a un lado y continuó revisando las herramientas, si bien parecía que su atención se había centrado en otra cosa. Efectivamente, así era. Fue en ese momento cuando se volvió hacia Ava.

—Señorita Levine, mientras terminamos aquí y aprovechando que estamos solos, hay algo que quisiera entender mejor. Usted mencionó que es la pupila del señor Livingstone. ¿Le importaría contarnos al doctor Watson y a mí cómo llegó a estar bajo su cuidado?

Ava pareció dudar por un momento, como si la pregunta hubiera removido algo que prefería mantener oculto. Sin embargo, tras un largo suspiro, comenzó a hablar.

—No tiene ningún misterio, señor Holmes. Me quedé huérfana cuando tenía apenas cinco años —nos contó en voz baja, mirando sus propias manos, que sostenían la lámpara como si fueran su único punto de anclaje—. Mi padre murió en un accidente laboral y mi madre... bueno, ella no soportó la pérdida. Livingstone era un viejo amigo de la familia. Según me dijeron, había sido socio de mi padre en algún negocio muchos años atrás. Cuando me quedé sola, él fue el único que se ofreció a cuidarme.

—¿Y cómo describiría su relación con él? —insistió Holmes.

—No sé, era... algo muy complicado. Silas siempre fue un hombre difícil. Autoritario, exigente y a veces francamente frío, pero nunca me faltó nada. Me envió a las mejores escuelas, me dio un techo y, aunque no puedo decir que fuera cariñoso, siempre parecía cumplir con lo que consideraba que era su deber.

La chica hizo una pausa, como si las palabras siguientes fueran más difíciles de pronunciar.

—Sin embargo, en los últimos años algo cambió. Se volvió aún más paranoico. Veía enemigos en todas partes, incluso en mí. Apenas hablábamos y, cuando lo hacíamos, solía ser para discutir. Sin embargo, nunca pensé que su vida podría estar realmente en peligro. No le hacía ningún caso. Creía que todo eran imaginaciones suyas... hasta ahora.

Mi amigo asintió lentamente, como si estuviera procesando cada palabra.

—Eso es útil, señorita Levine. A menudo, lo que parecen paranoias no son tales y los miedos están más que justificados. Lo que usted acaba de compartir con nosotros podría ser clave para entender qué es lo que se esconde detrás de esta tragedia.

Ava pareció aliviada de haber hablado, aunque su expresión seguía reflejando cierta angustia, la misma que se había apoderado de mí al escuchar su historia.

—¿Cree que alguien de la casa pudo haber hecho esto? —preguntó, casi con un hilo de voz.

Holmes no respondió de inmediato. En cambio, regresó a la pala que había identificado antes y la levantó nuevamente, examinándola bajo la luz de la lámpara.

—Es demasiado pronto para descartar ninguna posibilidad —dijo finalmente—. Pero esta herramienta me dice que alguien estuvo trabajando con la tierra muy recientemente y, dado el estado del suelo alrededor de la mansión, eso no es algo que ocurra por accidente. Si conectamos esto con los restos de tierra en el alféizar de la ventana, la conclusión más lógica es que alguien utilizó esta pala para alguna actividad relacionada con el acceso a esa habitación.

—¿Podría ser Pearson? —sugerí—. Como encargado del mantenimiento, tendría acceso tanto a las herramientas como a la casa.

Holmes frunció el ceño.

—Es posible, Watson, pero no podemos limitarnos a suposiciones. Pearson tiene un motivo aparente para estar aquí, pero eso no lo convierte en culpable. Necesitamos más pruebas.

Ava observó la pala con una mezcla de incredulidad y temor.

—Si lo que dice es cierto, entonces alguien en esta casa... —se interrumpió, incapaz de completar la frase.

—Por eso debemos actuar con cautela —dijo Holmes, colocando la pala en su lugar—. Nada más puede hacerse esta noche. Pero en cuanto amanezca, todo esto deberá ponerse en conocimiento de la policía.

La llegada de Robert Livingstone

Era apenas el alba cuando la policía llegó a Livingstone Hall. Un carruaje se detuvo frente a la mansión y de él descendió un hombre enclenque de rostro severo y traje impecable. Se presentó como el inspector Nathaniel Hargrave y, desde el primer momento, me di cuenta de que estaba más interesado en ejercer su autoridad que en cooperar. Su mirada examinó la escena con desdén hasta que sus ojos se posaron en Holmes y en mí, parados en el umbral de la puerta.

—¿Qué tenemos aquí? —dijo Hargrave con un tono de desaprobación—. Me temo que no entiendo qué hacen ustedes dos aquí, interfiriendo en una investigación policial.

Holmes, más que acostumbrado a situaciones como aquella, dio un paso hacia adelante.

—Inspector Hargrave, ¿no es así? Soy Sherlock Holmes y este es mi colega, el doctor John Watson. Hemos sido invitados por la señorita Levine para investigar ciertos acontecimientos inquietantes en Livingstone Hall y todo parece indicar que la señorita no iba desencaminada. Lamento si nuestra presencia le resulta una sorpresa o si le incomoda en algo.

Hargrave frunció el ceño y cruzó los brazos, dejando más que claro que no se sentía complacido con nuestra presencia.

—Sorprendido, sí. Y más que eso, molesto. No necesito que ningún detective de Londres, ni siquiera uno tan «afamado» como usted, venga a entrometerse en mi jurisdicción. La policía local está perfectamente capacitada para resolver sus propios casos, aunque parece que Scotland Yard y otros como usted siempre piensen lo contrario.

—Le aseguro que no cuestiono la competencia de su fuerza —respondió Holmes, intentando ser conciliador aunque mirándolo con cierto desprecio—. Nuestra presencia aquí es circunstancial y no busco interferir en su trabajo, aunque, por supuesto, si necesita alguna asistencia...

—¡No necesito nada! —replicó Hargrave, enrojeciendo—. Les ruego que se vayan inmediatamente de aquí y que me dejen hacer mi trabajo, por favor.

Pensaba que Sherlock Holmes replicaría, pero lo cierto es que no hizo ningún comentario. Mientras nos alejábamos de allí dejándolo solo en la habitación en la que Silas Livingstone había encontrado la muerte, mi amigo esbozó una sonrisa apenas perceptible.

—Siempre resulta fascinante observar cómo algunos hombres ven la colaboración como una amenaza, en lugar de una ventaja —murmuró.

Antes de que pudiera responder y de incluso replicarle que él era el primero que actuaba de la misma manera cuando no quería a nadie alrededor, el sonido de otro carruaje llamó nuestra atención. Un joven muy bien vestido y con semblante serio y cansado descendió de él.

El recién llegado se acercó a nosotros con paso firme. Su porte, aunque insisto que elegante, no lograba disimular cierto aire de tensión. Al llegar, se presentó:

LA HABITACIÓN MALDITA

—Soy Robert Livingstone, el nieto de Silas Livingstone. ¿Se puede saber quiénes son ustedes y qué es todo este jaleo?

Ava, que estaba cerca, pareció sorprendida, pero desde luego no emocionada. Robert apenas le dirigió una mirada antes de centrar su atención en Holmes y en mí.

—El señor Silas Livingstone ha sido encontrado muerto esta madrugada —respondió Holmes sin rodeos, observando atentamente la reacción del recién llegado.

El joven pareció trastabillar por un momento, pero luego asintió lentamente, como si intentara procesar la información.

—¿Cómo sucedió? —preguntó, intentando dominar el tono de su voz.

—Eso es precisamente lo que intentamos averiguar —respondió Holmes, antes de señalar hacia un banco cercano—. Quizás podríamos hablar un momento, señor Livingstone. Hay algunas preguntas que me gustaría hacerle.

Robert Livingstone asintió, todavía con evidencias de palidez en su rostro. Nos dirigimos hacia el banco, mientras Hargrave permanecía dentro de la casa, ignorándonos por completo.

Holmes esperó a que Robert se acomodara en el banco antes de tomar asiento frente a él. Ava y yo permanecimos cerca, aunque Holmes gesticuló con un movimiento de la mano para que mantuviéramos cierta distancia, lo que, por cierto, no hicimos. Era evidente que deseaba interrogar al joven sin distracciones.

—Señor Livingstone, su llegada a Livingstone Hall es, como mínimo, inesperada. ¿Qué le trae de regreso a la propiedad familiar? —preguntó Holmes, con ese tono que usaba cuando buscaba exprimir la verdad sin adornos.

El joven tensó la mandíbula, como si sopesara cuidadosamente su respuesta.

—Recibí una carta de mi abuelo hace apenas unos días. Me pedía que viniera a verle con urgencia. Era extraño, teniendo en cuenta que no hemos estado en contacto durante años.

—¿Y por qué, si me permite la pregunta, estuvieron distanciados? —insistió mi amigo.

El nieto dudó un instante, antes de soltar un suspiro.

—La relación con mi abuelo siempre fue complicada. Era un hombre autoritario, controlador... y, para ser franco, no siempre justo. Decidí marcharme hace años para evitar más conflictos. Sin embargo, su carta parecía... diferente, más amable, más conciliadora, casi como si estuviera arrepentido por el pasado.

Holmes asintió lentamente.

—¿Conserva esa carta?

—No. La dejé en mi apartamento en Londres. ¿Para qué iba a necesitarla aquí? ¿Por qué lo pregunta?

—Porque podría haber arrojado luz sobre su estado mental en los últimos días —respondió mi colega.

Robert Livingstone se tensó ante semejante contestación.

—¿Está sugiriendo que mi abuelo podría haberse sentido amenazado?

—Es una posibilidad que estamos explorando —contestó Holmes sin miramientos—. Por cierto, ¿a qué se dedica actualmente, señor Livingstone?

—Trabajo en finanzas, en Londres. Tengo un puesto modesto en una firma de inversiones. Nada relacionado con la herencia de mi abuelo, si eso es lo que insinúa.

—No había querido dar a entender nada así, pero, ya que lo menciona, ¿no tiene interés en el patrimonio de la familia Livingstone? —preguntó Holmes.

El interpelado se puso a la defensiva.

—Yo no he dicho eso en ningún momento, señor Holmes, pero le aseguro que no estoy aquí por el dinero. Vine porque pensé que mi abuelo necesitaba mi ayuda y así me lo hizo saber mediante su carta.

—Por supuesto, señor Blacburn, no lo dudo —añadió Holmes con evidente sarcasmo—. Por ahora, eso será todo, pero, señor Livingstone, le sugiero que no se aleje de la mansión por el momento. Podría ser necesario interrogarle de nuevo y además imagino que querrá ver a su abuelo antes de que la policía ordene la retirada del cuerpo.

Robert asintió con un gesto rígido y se levantó del banco, caminando hacia la entrada de la mansión sin mirar atrás. Ava aprovechó el momento para acercarse, con los brazos cruzados y una expresión de escepticismo.

—¿Por qué lo ha interrogado de esa manera, señor Holmes? ¿Cree que Robert tiene algo que ver con esto? —preguntó.

Holmes sonrió levemente.

—No me negará, señorita Levine, que su llegada justo en estos momentos no es demasiada casualidad. Creo que tiene más respuestas de las que está dispuesto a compartir y, en casos como este, todo el mundo es un sospechoso potencial hasta que se demuestre lo contrario.

—Me cuesta algo creerlo, la verdad —replicó Ava, aunque me pareció que no convencida del todo—. Robert siempre fue un hombre complicado y es cierto que discutía muy a menudo con el señor Livingstone, pero no sé, no creo que se trate de un criminal.

—Ya veremos, mi querida señorita. De momento, creo que será mejor que encontremos al inspector Hargrave antes de que arruine toda la investigación.

Y sí, seguramente eso es lo que habría pasado si, para nuestra mayúscula sorpresa, no hubiéramos encontrado muerto al inspector en la habitación que Ava había llamado «maldita» y a Robert Livingstone paralizado en el umbral y en estado de shock ante semejante escena.

Dos muertos

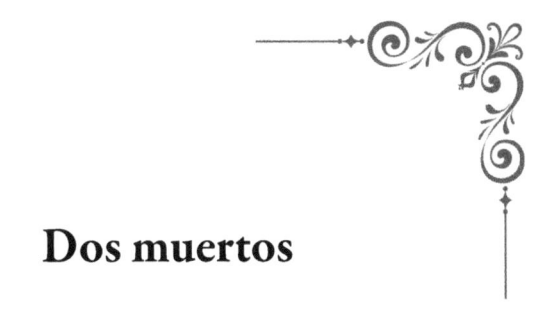

El panorama que nos encontramos fue tan macabro como inesperado. El inspector Hargrave yacía en el suelo, con los ojos abiertos de par en par, congelados en una expresión de terror absoluto. Su cuello, roto, mostraba marcas profundas y oscuras, similares a las que habíamos encontrado en el cadáver de Silas Livingstone. A su lado, un pequeño bloc de notas yacía desparramado, con una pluma rota a pocos centímetros.

Robert Livingstone estaba allí, de pie junto al cuerpo, con el rostro pálido como el papel y las manos temblorosas. Apenas parecía consciente de nuestra llegada. Cuando Ava intentó hablarle, él retrocedió, balbuceando incoherencias.

—¡Robert! ¿Qué ha pasado aquí? —gritó Ava, avanzando hacia él, si bien no respondió.

Holmes dio un paso adelante. Su mirada se fijó primero en el cuello del inspector, donde las marcas dejaban claro que la causa de la muerte había sido la rotura mediante la aplicación de una considerable fuerza. Luego, examinó el suelo alrededor del cadáver, donde había pequeños rastros de tierra similares a los que habíamos encontrado en el alféizar de la ventana la noche anterior.

—Las marcas son idénticas —murmuró Holmes, más para sí mismo que para el resto de los que allí estábamos—. Se trata de un patrón.

—¿Qué está diciendo, Holmes? —pregunté, intentando no apartar la vista del cadáver.

—Que el asesino actúa con un método claro, Watson, y que esta muerte no es ni un accidente ni una coincidencia. Hay algo mucho más calculado detrás de todo esto, si bien admito que se me escapa por completo el motivo por el cual ha sido asesinado un miembro de la policía local. Por muy repelente que fuera este hombre, no consigo entender para qué ejecutarlo a no ser que, justo en el momento en que se quedó solo tras echarnos de la habitación, descubriera algo que le condenara si su asesino se dio cuenta de que había reparado en algo que no le convenía que se supiera.

—¿Pero qué asesino, Holmes? Estábamos todos fuera —objeté.

—No todos, Watson, no todos —me replicó, volviéndose hacia Robert Livingstone.

El aludido, mientras tanto, parecía incapaz de articular palabra. Se dejó caer sobre una silla cercana, enterrando el rostro entre sus manos. Ava, que había estado observándolo con preocupación, se acercó y colocó una mano en su hombro.

—Robert, por favor, dinos qué viste. —Su voz era firme, pero su preocupación era evidente.

—Yo... no lo sé —balbuceó él finalmente, levantando la vista con los ojos desorbitados—. Yo solo quería ver a mi abuelo. Entré aquí y entonces lo vi... y a este hombre a los pies de la cama con esa horrible cara deformada. Cuando llegué, ya estaba muerto. No vi a nadie más, lo juro.

LA HABITACIÓN MALDITA

Holmes lo miró con una expresión inescrutable, como si intentara desentrañar la verdad entre las palabras del joven. Finalmente, se giró hacia mí.

—Watson, necesito que examine el cadáver y que confirme la causa de la muerte.

Asentí y me acerqué al cuerpo, si bien desde la distancia ya hubiera sido capaz de emitir mi dictamen sin ningún lugar a dudas. Aunque la visión era perturbadora, mi experiencia médica me permitió mantener la compostura. Tras un examen rápido, confirmé lo que Holmes ya sospechaba.

—Su asesino le rompió el cuello, Holmes. Simple y llanamente.

—Interesante —murmuró Holmes como si no me hubiera escuchado, agachándose para recoger el bloc de notas del inspector. Lo abrió con cuidado, revisando las páginas llenas de garabatos y anotaciones apresuradas.

—¿Qué encontró? —pregunté, acercándome.

Holmes señaló una página en particular, donde Hargrave había escrito lo siguiente: «Marcas en el alféizar... conexión con el jardín... herramienta de jardinero podría haber sido usada. Investigar más».

—Parece que el inspector no estaba tan perdido como pensábamos —admitió Holmes con una leve sonrisa—. Lástima que no tuviera tiempo de profundizar más.

Ava miró a Holmes con una mezcla de esperanza y temor.

—¿Cree que Robert tiene algo que ver con esto?

Holmes guardó silencio por un momento, antes de responder.

—No descarto ninguna posibilidad. Sin embargo, no debemos apresurarnos a sacar conclusiones. Por ahora, lo importante es informar a Scotland Yard de lo sucedido. Mal que me pese, no hay alternativa. La muerte de un inspector de policía dentro de la casa no es algo que podamos ignorar ni llevar exclusivamente entre nosotros.

La mención de Scotland Yard pareció alarmar a Robert, quien se levantó de golpe.

—¡No puede hacer eso! Si llaman a Scotland Yard, me convertirán en el principal sospechoso. ¡Ya sé cómo funciona esto!

—Robert, por favor —intervino Ava—. Nadie está acusándote de nada todavía, pero el señor Holmes tiene razón. Es algo que no podemos ocultar. Acabaríamos todos en prisión si lo hiciéramos. Hemos perdido por completo el control de toda esta situación.

Holmes, que había estado observando a Robert con atención, reforzó lo que había dicho la chica.

—La verdad saldrá a la luz, señor Livingstone, sea cual sea. Mi consejo es que coopere plenamente. La resistencia solo alimentará las sospechas.

Sin más, Holmes se dirigió hacia la puerta.

—Watson, necesito que me acompañe para preparar el telegrama. Ava, le sugiero que se asegure de que el señor Livingstone no salga de la casa.

Ava asintió, aunque su expresión era de preocupación. Robert, por su parte, parecía hundirse cada vez más en su propia desesperación.

Mientras Holmes y yo nos dirigíamos al despacho, no pude evitar expresar mis pensamientos.

—Holmes, ¿realmente cree que Robert está involucrado?

—No lo sé aún, Watson. Pero su comportamiento es... peculiar, por decirlo de algún modo. Su llegada repentina, su falta de respuestas claras y ahora esto... todo lo coloca bajo una luz sospechosa. Le seré franco: cualquiera pudo asesinar a Silas Livingstone, incluida Ava Levine, si bien es evidente que ella no fue la ejecutora del inspector, puesto que desde que lo dejamos solo en la habitación hasta que encontramos su cadáver no se despegó de nosotros. Viendo además su complexión, tampoco creo que tenga fuerza suficiente como para romper el cuello a un hombre de esa manera.

»En cambio, nada de lo que a ella podría eximirle de culpabilidad se le puede aplicar a Robert Livingstone. Su llegada a este lugar podría haberse producido mucho antes de lo que quiere hacernos creer y él sí que tuvo ocasión de estar a solas con el inspector tras haber entrado en la mansión antes que los demás. Hay demasiados cabos sueltos, mi querido amigo. Necesitamos más información antes de emitir cualquier juicio.

La siguiente hora la empleamos yendo al pueblo, donde Holmes redactó un telegrama para Scotland Yard con su acostumbrada precisión. Lo observé en silencio, sabiendo que, aunque la situación era grave, tener a Holmes a cargo significaba que la verdad, por oscura que fuera, acabaría por salir a la luz.

Robert y Ava

Aunque Scotland Yard está lleno de inspectores y de multitud de oficiales de diferente rango y aunque Sherlock Holmes y yo trabajamos con muchos de ellos a lo largo de nuestro pasado, tanto él como yo adivinamos a la primera quién sería el que cruzara las puertas de Livingstone Hall.

—¡Lestrade! —exclamé al ver al inspector de Scotland Yard, quien se quitaba el abrigo mojado por la ligera llovizna de la media tarde. Su rostro estaba severo, con el habitual toque de irritación que, salvo en los momentos en los que era él quien acudía en nuestra búsqueda, no nos era desconocido.

—Holmes, Watson, no sé qué pensar al encontrarles aquí. Parece que no puedo escapar de ustedes ni en las profundidades rurales de Inglaterra —gruñó con un tono mezcla de fastidio y resignación—. Y lo que es peor, me informan de que tengo dos cadáveres y un misterio con ustedes de por medio. ¿Qué demonios está pasando aquí?

Holmes, quien había permanecido sentado junto a la chimenea con la mirada fija en las brasas, levantó la vista con su habitual calma.

—Lestrade, su llegada es, como siempre, oportuna. Me temo que esta vez tiene entre manos algo mucho más complejo de lo que podría parecer a primera vista.

—Siempre es lo mismo con usted, Holmes —replicó Lestrade, con un suspiro mientras se quitaba el sombrero—. Pues bien, explíquese.

Holmes se levantó, cruzando las manos detrás de la espalda mientras comenzaba a relatar los acontecimientos. Narró con precisión los detalles de las muertes de Silas Livingstone y del inspector Hargrave y las diferencias que había habido entre una y otra.

Lestrade escuchó todo con atención, aunque, como era tan habitual en él, no pudo evitar interrumpir de vez en cuando soltando comentarios que dejaban entrever su escepticismo.

—¿Un asesinato seguido por otro en la misma habitación? Y ahora un joven heredero que parece haber llegado justo a tiempo para presenciar el desastre. Esto empieza a olerme a un drama familiar mal encubierto —comentó el inspector.

—No estaría tan seguro de reducirlo a algo tan sencillo, Lestrade —respondió Holmes con un ligero destello en los ojos—. Sin embargo, tiene razón en una cosa: la familia Livingstone guarda secretos y sospecho que esos secretos son la clave para desentrañar este caso.

En ese momento, Ava apareció en la puerta del salón. Parecía más serena que la noche anterior, pero sus ojos aún reflejaban preocupación. Al ver a Lestrade, se presentó con cortesía y explicó lo que sabía sobre la familia y su relación con Silas.

Fue Holmes quien, sin darle tiempo a que dijera nada más, la interrumpió en su relato.

—En relación con esto, señorita Levine, si me permite y ya que estamos poniendo al corriente de todo al inspector Lestrade, quisiera preguntarle acerca de algo. He notado cierto nivel de... familiaridad en la manera en que habló con el señor Robert Livingstone esta mañana, después de encontrar el cuerpo del inspector Hargrave. Me gustaría saber cuál es exactamente la naturaleza de su relación con él.

Si soy sincero, me molestó que le hiciera aquella pregunta y, sobre todo, de forma tan brusca. Sus ojos también mostraron un atisbo de incomodidad ante semejante intervención por parte de mi nada diplomático amigo.

—No hay nada de particular, señor Holmes. Conozco a Robert desde que era joven. Como mencioné antes, llevo muchos años con esta familia. Llegué aquí siendo apenas una niña y él ya era un adolescente.

—¿Era alguien cercano a usted en aquel entonces? —insistió Lestrade.

Ava negó con la cabeza.

—No, realmente no. Ni tampoco ahora. Les recuerdo que, cuando llegó aquí esta mañana, me miró por encima y me ignoró por completo. No creo que pueda deducirse ninguna simpatía en quien reacciona así.

Aunque en ningún momento había sospechado nada malo de aquella muchacha, debo decir que ahí sí que pensé que aquel argumento era un tanto endeble en tanto en cuanto Robert Livingstone podría haber reaccionado de forma tan fría con ella simplemente para disimular por el hecho de que nosotros estuviéramos delante.

— Robert siempre me pareció alguien... distante —siguió explicando la chica—. No es que fuera maleducado, pero tenía esa actitud de quien siempre se siente por encima de los demás. Era una especie de arrogancia que saltaba a la vista de todos.

Holmes relajó su presión sobre ella.

—¿Y cree usted que esa arrogancia lo convirtió en alguien problemático dentro de la familia?

Ava suspiró.

—Su relación con su abuelo siempre fue complicada. No sé exactamente el motivo, pero Silas parecía ser mucho más severo con él que con cualquier otra persona. Siempre le exigía más, nunca parecía estar satisfecho con lo que Robert hacía. Eso generó muchas tensiones, pero, a pesar de eso, no creo que Robert sea capaz de asesinar a nadie. Lo digo como lo siento, señores.

Lestrade, que había estado en un rincón tomando notas, levantó la vista con escepticismo.

—¿Por qué está tan segura, señorita Levine? Por lo que dice, no parece alguien fácil de tratar.

—Porque lo conozco lo suficiente como para saber que tiene defectos, pero no esa clase de oscuridad en su interior —respondió Ava con firmeza.

Holmes la observó en silencio por unos segundos antes de formular la pregunta que tenía en mente desde hacía rato.

—Entonces, señorita Levine, si no eran particularmente cercanos y además efectivamente estuvo ignorándola desde que bajó de su carruaje, ¿por qué le habló con tanta confianza cuando lo descubrimos en aparente estado de shock ante los dos cadáveres? Me pareció evidente que entonces se dirigió a él como si tuviera una conexión mucho más profunda de lo que ambos habían dejado ver desde un principio.

Ava se irguió ligeramente.

—No porque seamos amigos ni porque tenga una relación especial con él, si eso es lo que insinúa, pero, en ese momento, pensé que era lo correcto. Por mucho que Robert pueda parecer orgulloso o difícil de tratar, estaba en shock y creí sinceramente que sería más fácil para él hablar conmigo que con usted o con el doctor Watson, a quienes acababa de conocer justo al mismo tiempo que se enteraba de la muerte de su abuelo.

Holmes mantuvo la mirada fija en ella durante un momento más antes de asentir, sonriendo.

—Muy bien, señorita Levine. Gracias por la aclaración y, si me permite que se lo diga, creo que hizo usted muy bien actuando de esa manera.

Me gustó que Holmes zanjara la cuestión de aquella manera, si bien no fui capaz de prever lo que la chica anunció a continuación.

—Lo cierto es, señores, que yo venía a hablarles sobre el testamento de mi tutor, el señor Silas Livingstone.

El nuevo testamento

Como no podía ser de otra manera, aquello captó la atención de todos. Lestrade, que había estado examinando un jarrón que había en una repisa más por distracción que por otra cosa, giró la cabeza con manifiesto interés.

—¿El testamento? —preguntó Holmes, sorprendido—. Veo que va por delante de nosotros en todo este tema. ¿A qué se refiere?

—Bueno, hasta ahora, ante tantos acontecimientos, no he tenido ocasión ni de mencionarlo siquiera. Mi tutor me lo mencionó hace unas semanas. Estaba preocupado, como si temiera algo. Me confesó que había cambiado su testamento recientemente. El original, según entiendo, favorecía a su nieto, Robert, pero el nuevo testamento en cambio…

—¿Qué ocurría con el nuevo testamento? —preguntó Lestrade, con el ceño fruncido.

—No lo sé con certeza, inspector —admitió Ava—. Solo sé que el señor Livingstone insinuó que había tomado una decisión drástica. Creo que Robert quedaba excluido o, al menos, que se le otorgaba mucho menos de lo esperado, pero justo ahí está el problema. Ese documento ha desaparecido.

—¿Cómo que desaparecido? —repitió Lestrade, con cara de pasmo.

—Sí. Mi tutor tenía la costumbre de guardar sus documentos más importantes en un cajón con cerradura en su despacho, pero acabo de revisar el lugar y no hay ni rastro del nuevo testamento. Es lo que venía a contarles cuando el señor Holmes me abordó con sus preguntas acerca de mi relación con Robert.

Si aquello pretendió ser un reproche, lo que hubiera encontrado más que justificado, lo cierto es que no produjo ningún efecto en Sherlock Holmes.

—Esto explica muchas cosas —comentó—. Si el nuevo testamento realmente excluía a Robert o reducía significativamente su herencia, ese podría ser un motivo más que suficiente como para asesinarlo.

—¿Está sugiriendo que Robert mató a su abuelo por dinero? —preguntó Lestrade, arqueando una ceja.

—No estoy sugiriendo nada todavía, Lestrade —replicó Holmes—. Simplemente estoy señalando que el dinero es una poderosa motivación y que la desaparición del testamento añade una capa más de intriga a este caso.

—¿Y qué se propone hacer al respecto? —preguntó el inspector.

Holmes se giró hacia Ava.

—Señorita Levine, ¿puede mostrarnos el despacho de Silas? Me gustaría examinar ese cajón y cualquier otra cosa que pudiera arrojar luz sobre este asunto.

Ava asintió y nos condujo al despacho. Se trataba de una habitación oscura y cargada de muebles pesados que parecía haber permanecido inalterada durante décadas. Holmes se dirigió inmediatamente al escritorio, examinando el cajón en el que, según la chica, se suponía que debería estar el testamento.

—Como dijo, está vacío —sentenció.

Lestrade y yo observábamos mientras Holmes inspeccionaba meticulosamente el escritorio, el suelo y las áreas circundantes. Finalmente, se detuvo junto a la ventana, donde se inclinó para observar algo en el alféizar.

—Interesante —murmuró.

—¿Qué ha encontrado ahora, Holmes? —preguntó Lestrade, acercándose con curiosidad.

Holmes señaló unas pequeñas marcas en la madera del alféizar, apenas visibles a simple vista.

—Raspaduras. Como si alguien hubiera pasado por aquí con algo metálico. Quizá una herramienta.

—¿Está diciendo que alguien entró por la ventana para robar el testamento? —preguntó Lestrade, incrédulo.

—Es una posibilidad que no podemos descartar, pero la pregunta sigue siendo la misma. ¿Quién ha sido y por qué?

Mientras Holmes continuaba examinando el despacho, Ava se acercó a mí.

—El señor Livingstone era un hombre complicado —me contó en voz baja—. Siempre parecía estar en conflicto con sus propios pensamientos, pero nunca imaginé que su testamento podría desencadenar algo así.

Puede que los lectores encuentren esto inadecuado y que incluso los editores del *Strand* lo supriman por no encontrarlo de interés ni relevante para la trama, pero lo cierto es que, si la belleza de Ava me había atrapado desde el primer momento en que la vi, el hecho de que viniera a compartir conmigo sus pensamientos cuando lo habitual es que la atención siempre la monopolizara el cuasi perfecto Sherlock Holmes y que yo normalmente quedara en segundo plano, me hizo sentir especialmente feliz.

—El dinero y el poder tienen una forma espeluznante de sacar lo peor de las personas, señorita Levine —fue lo único que se me ocurrió responder.

Holmes terminó su inspección y se volvió hacia nosotros.

—Por ahora, hemos hecho todo lo que podíamos aquí, pero todavía quedan muchas preguntas sin respuesta. Lestrade, le sugiero que entreviste a los demás miembros del personal. Quizá alguien vio o escuchó algo que pueda ayudarnos. Por nuestra parte, Watson y yo haremos lo mismo con Robert Livingstone. No tengo la más mínima duda de que hay muchas cosas que todavía no nos ha contado.

Lestrade asintió, aunque mostrándose en parte reacio a aceptar órdenes de Holmes.

De vuelta en el salón, mi amigo y yo nos encontramos con Robert Livingstone, quien parecía haberse recuperado del estado de shock en el que le había sumido descubrir el cadáver del inspector Hargrave junto al de su abuelo.

—Señor Livingstone, necesitamos hablar —le advirtió Holmes con seriedad, invitándolo a sentarse.

—¿De qué se trata ahora? —preguntó el interpelado.

—De la relación que usted tenía con su abuelo y del testamento que, por lo visto, este cambió recientemente —respondió Holmes, sin rodeos.

Robert se puso lívido ante la mención del tema.

—¿Qué pasa con el testamento?

—Según la señorita Levine, el testamento original lo favorecía a usted, pero el nuevo documento, ahora desaparecido, parece haberlo excluido. ¿Se le ocurre una explicación de por qué su abuelo pudo tomar esa decisión?

El joven se quedó en silencio por un momento, antes de responder.

—No lo sé, la verdad. Ya les he dicho que mi abuelo y yo nunca tuvimos una relación lo que se dice cercana, pero tampoco teníamos problemas graves. Al menos, no hasta hace poco.

—¿Qué ocurrió hace poco, señor Livingstone? —preguntó Holmes, inclinándose hacia adelante.

—Tuvimos una discusión sobre la forma en que manejaba los asuntos y negocios familiares. Le dije que debía confiar más en los demás y dejar de intentar controlarlo todo. No se lo tomó nada bien, pero no pensé que aquello fuera algo tan grave como para cambiar su testamento, si es cierto lo que me cuenta.

Holmes lo observó detenidamente, como si intentara averiguar más de lo que aquel hombre decía. Finalmente, se levantó y se dirigió a la chimenea, volviéndose hacia mí.

—Watson, creo que hemos terminado por ahora. Es hora de que recopilemos nuestras notas y esperemos a ver qué más puede descubrir Lestrade. Este caso está lejos de resolverse.

Ecos del pasado

El día siguiente amaneció con una bruma densa envolviendo Livingstone Hall como un sudario y otorgándole a la mansión un aire aún más lúgubre. Sherlock Holmes, con su inquebrantable determinación, había pasado la mayor parte de la noche revisando documentos y objetos personales de Silas Livingstone en su despacho en busca de cualquier pista que pudiera arrojar luz sobre los asesinatos. Una vez más, el celo que mi amigo ponía en todo fue determinante para profundizar en la verdad.

—¡Watson! ¿Dónde está Lestrade? ¡Esto es extraordinario! —exclamó Holmes nada más verme y sin importarle que yo estuviera desayunando—. Parece que el viejo Silas no era hijo único.

Al principio, me costó desentrañar lo que quería decir, pero luego fui capaz de hilvanar las ideas.

—¿Qué me quiere decir? ¿Que tenía hermanos? En ningún momento se ha mencionado tal cosa.

Holmes me extendió el documento. Se trataba de un registro de nacimiento, amarillento y quebradizo, pero aún legible. Allí, junto al nombre de Silas Livingstone, figuraba otro: Samuel Livingstone.

—No solo un hermano, Watson —apostilló Holmes—. Un gemelo. Al parecer, los dos nacieron con apenas unos minutos de diferencia, pero lo más curioso es que Samuel desapareció hace décadas. Es como si hubiera sido borrado de la historia.

—¿Cómo sabe todo esto? No ha podido averiguar tantas cosas en mitad de la noche.

—No habrán podido Lestrade y usted, que han preferido perder el tiempo durmiendo. Yo, a primera hora de la mañana, estaba en el pueblo comprobando todo lo que le digo.

Decidí no discutir con él, no preguntarle qué entendía él por «a primera hora de la mañana» y hacer que siguiera hablando del tema.

—¿Cree que esto tiene relación con los asesinatos?

Holmes se llevó una mano al mentón, pensativo.

—Aún no podemos afirmarlo con certeza, pero es una pista demasiado relevante como para ignorarla. Necesito más información. Mientras tanto, ¿por qué no nos ocupamos de entrevistar al ama de llaves? Me han contado que ha regresado tras haber estado ausente una semana. Podría tener información interesante sobre lo que ocurrió en la mansión en los días previos al asesinato de Silas Livingstone. Vamos, apresúrese y termine el desayuno, haga el favor.

Así lo hice. Era conocedor de las consecuencias que podía tener hacer esperar a Holmes, por lo que decidí no tentar a la suerte y literalmente devorar lo que Pearson me había ofrecido.

El ama de llaves, la señora Grayson, se encontraba en la gran cocina de Livingstone Hall, supervisando a los criados con la destreza y autoridad propias de alguien que había dedicado toda su vida al servicio de la familia. Cuando nos vio, nos dirigió una mirada inquisitiva.

—¿Puedo ayudarles en algo, señores? —nos preguntó con una voz firme y serena.

—Nos gustaría preguntarle acerca de los días previos al asesinato del señor Livingstone. Tengo entendido que estuvo ausente por asuntos familiares —la abordó directamente Holmes.

La mujer asintió, limpiándose las manos con un paño.

—Así es. Mi hermano cayó enfermo, así que me tomé unos días para cuidarlo. Justo he regresado hoy y me he encontrado con esta terrible desgracia.

—¿Le llamó la atención algo antes de su partida? ¿Alguna visita inesperada o acontecimientos fuera de lo común?

La señora Grayson frunció el ceño, como si intentara recordar algo.

—Ahora que lo menciona..., la verdad es que sí. Algunos criados decían haber visto a un hombre merodeando por la propiedad. Un desconocido. Lo describieron como un sujeto mayor, con el porte de alguien que ha vivido tiempos difíciles. Nadie sabía quién era, pero se decía que tenía un extraño parecido con el señor Livingstone.

Un escalofrío me recorrió la espalda.

—¿Sabe usted si el mismo Silas Livingstone llegó a verlo?

—No sabría decirle, pero sí que puedo asegurarle que, desde que apareció ese hombre, el señor estaba mucho más nervioso que de costumbre. Daba órdenes extrañas, no dormía bien, se alteraba por cualquier cosa. Si les digo la verdad, parecía... asustado.

Holmes se quedó callado. Su mente parecía estar muy lejos de allí. Tanto el ama de llaves como yo nos lo quedamos mirando, esperando a que formulara la siguiente pregunta o a que, en su defecto, saliera por sí solo de aquel trance en el que parecía haberse sumido. Cuando lo hizo, fue con una brusquedad que nos sobresaltó.

—Muchas gracias, señora. Nos ha ayudado mucho. Watson, veamos qué hace la señorita Levine. Debemos ponerla al corriente de todo esto.

No nos costó nada encontrarla. Ava se había unido a Robert Livingstone y juntos exploraban la biblioteca, según nos contaron, en busca de documentos sobre la historia familiar, posiblemente tras tener la misma idea o, por lo menos, intuición que había tenido mi amigo la noche anterior. Fue precisamente él quien les contó el descubrimiento que había hecho, apareciendo Lestrade más o menos a mitad de su relato.

—No entiendo por qué mi abuelo nunca mencionó que tenía un hermano —murmuró Robert, visiblemente sorprendido—. Lo que no entiendo es que, si realmente desapareció, ¿por qué ocultar su existencia? Y, si es él a quienes han visto los criados, ¿por qué se mantiene alejado en vez de presentarse aquí? ¡No consigo entender nada!

Ava, de pie junto a una de las estanterías más antiguas de la biblioteca, inspeccionaba la pared con detenimiento. Frunció el ceño, tocando la madera con la yema de los dedos.

—Quizá ninguno de ellos quiso que nadie hiciera preguntas. O quizá...

Se detuvo abruptamente y dio un paso atrás.

—¿Qué ocurre, señorita Levine? —preguntó el inspector, intrigado.

—Hay algo extraño en esta estantería —respondió Ava, con la palma aún sobre la madera—. Se siente... hueca.

LA HABITACIÓN MALDITA

Holmes se acercó y presionó la superficie con cautela. Probó a empujarla y, para nuestra sorpresa, la estructura cedió levemente.

—Ayúdenme con esto, por favor —nos pidió mi amigo.

No sin esfuerzo, conseguimos mover la pesada estantería unos centímetros, dejando al descubierto una angosta abertura en la pared que reveló un pequeño compartimento. Un aire denso y cargado de polvo emergió de la oscuridad, como si aquel lugar hubiera permanecido sellado durante décadas.

Tomando la iniciativa, Holmes encendió una vela que descansaba sobre una mesa cercana y avanzó en primer lugar, iluminando el estrecho espacio. Ava lo siguió con cautela y yo, incapaz de contener mi curiosidad, fui tras ellos.

—¡Quédense fuera, por favor! —ordenó mi amigo de muy malas maneras—. Este lugar es demasiado reducido y no cabemos todos.

Tenía razón. La estancia secreta era pequeña, con paredes de piedra desnuda y el suelo cubierto de una fina capa de polvo. No había ventanas y la única luz procedía de la vela que sostenía mi compañero de fatigas.

En el centro de la habitación, casi como si estuviera esperando a ser descubierto, se hallaba un viejo cofre de madera con herrajes de bronce. Su superficie estaba cubierta de polvo, pero los grabados aún eran visibles.

—Parece que nadie ha estado aquí en mucho tiempo —murmuró Ava.

—¿Qué hay ahí dentro? —preguntó Robert Livingstone desde el exterior.

Holmes pasó la mano por la tapa del cofre y respiró hondo.

—Saquemos esto fuera y abrámoslo a la vista de todos. No podemos hacerlo aquí y tampoco podemos demorarnos dentro más tiempo del necesario si no queremos asfixiarnos.

—¿Qué han encontrado? —preguntó Lestrade tan pronto nos vio salir de aquel lugar con el cofre.

Ava y Robert se intercambiaron miradas antes de que Holmes lo abriera. En su interior, apilados con sumo cuidado, había documentos antiguos, cartas y una pequeña caja de terciopelo.

Holmes examinó una de las cartas y se la extendió a Ava, quien la leyó en voz baja.

—Es una carta de Samuel Livingstone... dirigida a Silas —susurró, asombrada.

Mi amigo tomó otro documento y lo observó con detenimiento.

—Esto parece un acuerdo legal. Samuel estaba reclamando su derecho a la mitad de la herencia familiar.

—¡La historia de siempre! —exclamé sin poder evitarlo recordando nuestros anteriores casos.

Ava leyó nuevamente la carta que sostenía entre sus manos y un escalofrío recorrió su expresión.

—Escuchen esto. *No puedes esconderte para siempre, hermano. Lo que me corresponde por derecho me será devuelto, ya sea por las buenas o por las malas.*

Robert Livingstone se estremeció.

—Si Samuel realmente estuvo aquí hace unos días... entonces tal vez el asesino de mi abuelo no era ningún desconocido.

—Me temo que así es —comentó Holmes—. Al parecer, su abuelo tenía más secretos de los que imaginábamos. Su hermano Samuel no solo existía, sino que todo indica que había vuelto para cobrarse cuentas pendientes. Teniendo en cuenta que varias personas afirman haber visto a alguien muy parecido al difunto merodeando por los alrededores, no cuesta adivinar qué es lo que está sucediendo.

El siguiente descubrimiento fue todavía mucho más impactante, cuando, dentro de un desgastado sobre, Holmes encontró multitud de bonos del Estado.

—Me temo que hemos encontrado una fortuna. Me atrevería a decir que aquí se encuentra buena parte de la herencia de los Livingstone y que Silas, temiendo que se la robaran, la escondió en este lugar. Inspector Lestrade, hay que poner todo el contenido de este cofre bajo estricta custodia policial inmediatamente.

El fantasma

Silas Livingstone fue enterrado aquella misma tarde. En ningún momento de aquel día llegó a levantar la niebla. Aferrada a los desnudos árboles del cementerio, lo cubría con un velo espectral que le daba al conjunto un aspecto tétrico al más puro estilo de las novelas románticas del siglo XIX. Con todo, la atmósfera sombría no solo era fruto de las adversas condiciones ambientales. La muerte del anciano había sumido a Livingstone Hall en un estado de tensión y miedo apenas contenido.

Los pocos asistentes al funeral, en su mayoría criados de la casa y vecinos que habían conocido a Silas en vida, se mantuvieron en respetuoso silencio mientras el féretro descendía a la tumba. Ava Levine, vestida de luto, se mantuvo estoica, con las manos cruzadas frente a ella. Robert Livingstone, en cambio, parecía incapaz de apartar la vista del ataúd, como si aún luchara por aceptar la realidad de la muerte de su abuelo.

Yo observaba todo con atención, pero no tardé en notar que Holmes parecía distraído. Sus ojos no se centraban en la ceremonia, sino en el paisaje que nos rodeaba, como si esperara encontrar algo más entre la bruma.

Fue entonces cuando un susurro tembloroso rompió la quietud.

—¡Por todos los santos! —exclamó la señora Grayson, el ama de llaves, llevándose una mano a la boca.

Seguimos la dirección de su mirada y entonces todos lo vimos. Se trataba de una figura solitaria que se encontraba de pie en la cima de una colina cercana. A pesar de la distancia y de la bruma, su silueta era inconfundible. Era el mismo Silas Livingstone el que nos observaba.

—Es él... —murmuró un anciano entre la multitud—. Es Silas.

El pánico se extendió como un reguero de pólvora. Murmullos angustiados, exclamaciones de incredulidad y súplicas entrecortadas llenaron el aire. Algunas personas retrocedieron, persignándose.

—¡No puede ser! —exclamó Robert, palideciendo—. Mi abuelo está... ¡está ahí!

Ava le dirigió una mirada severa.

—Robert, sabemos que eso es imposible.

La impresión, sin embargo, era difícil de desmentir. La figura permaneció inmóvil, observándonos en completo silencio desde la colina, como si juzgara la escena desde el más allá. Entonces, de forma repentina, la figura se giró y desapareció entre los árboles.

—¡Alguien debe atraparlo! —gritó uno de los asistentes.

Holmes, quien hasta ese momento no había pronunciado palabra, colocó una mano en mi hombro.

—Watson, ¿sería tan amable de acompañarme? Creo que este es el momento perfecto para llevar a cabo nuestra propia investigación.

LA HABITACIÓN MALDITA

Lo miré con desconcierto.

—Pero, Holmes, ¿y esa figura? ¿No vamos tras él?

El detective sonrió levemente.

—¿Para qué? Si huye es porque quiere que lo sigamos. No caigamos en la trampa. Creo que será mucho más útil que Lestrade dedique su tiempo a perseguir un fantasma mientras nosotros nos colamos en el despacho de Silas Livingstone, esta vez sin testigos que nos rodeen como sucedió cuando abrimos el cofre esta mañana.

HOLMES Y YO NOS ALEJAMOS discretamente del cementerio mientras la conmoción aún mantenía a todos distraídos. Livingstone Hall estaba vacío, lo que nos permitió movernos sin interrupciones hasta el estudio del fallecido.

La habitación tenía un aire imponente, con sus estanterías de roble repletas de libros de encuadernaciones antiguas, un gran escritorio de madera oscura y pesadas cortinas que bloqueaban la poca luz que entraba.

Holmes recorrió la estancia con la mirada antes de ponerse en acción.

—Sabemos que Silas era un hombre desconfiado. Si tenía documentos importantes, no los habría dejado a la vista —reparé.

Comenzó a revisar cajones, comprobando que algunos estaban cerrados con llave. Se inclinó, observando la cerradura con atención.

—Lo sé, mi querido amigo. Me queda muy claro después del descubrimiento del cofre. Sin embargo, ¿para qué cree usted que se inventaron estas pequeñas maravillas?

Mostrándome una ganzúa que sacó de uno de sus bolsillos, a los pocos segundos ya había abierto los cajones que habíamos encontrado cerrados. En ellos encontramos varias cartas amontonadas, algunos recibos de transacciones bancarias y, lo más llamativo, un sobre grueso con un sello de lacre.

Holmes lo examinó antes de abrirlo con cuidado. Dentro había un documento manuscrito con la fecha de hacía apenas un mes.

—Parece que tenemos una copia del testamento de Silas Livingstone —anunció Holmes.

Lo extendió sobre la mesa y leyó en voz baja. A medida que avanzaba en la lectura, sus labios se fruncieron en una mueca de interés.

—¿Qué dice? —pregunté con impaciencia.

—Confirma lo que ya sospechábamos. Silas había modificado su testamento. En esta versión, Robert queda completamente excluido de la herencia. La mayor parte de los bienes pasan a manos de una persona cuyo nombre, curiosamente, está tachado.

—¿Tachado? —me incliné para observarlo. Efectivamente, el nombre estaba cubierto con una gruesa franja de tinta.

—Silas tenía un enemigo al que no quería beneficiar, pero ¿quién? —musitó Holmes—. Afortunadamente, la tinta no es un obstáculo insalvable. Necesitaremos ciertos reactivos para restaurar lo que ha sido borrado.

Su mirada se dirigió a una pequeña caja de madera en un rincón del escritorio. La abrió y sacó varios sobres con correspondencia personal.

—Cartas de un tal «S. L.». A estas alturas ya sabemos a quién corresponden estas iniciales, Watson. Parece que el

LA HABITACIÓN MALDITA

hermano perdido de Silas tenía más contacto con él de lo que creíamos.

Las misivas, aunque breves, contenían mensajes de rencor e insinuaciones de viejas disputas sin resolver.

—*No puedes esconderte de tu propia sangre, Silas* —me leyó Holmes en voz alta—. Interesante.

Antes de que pudiera continuar, un ruido en el pasillo nos puso en alerta.

—Alguien viene —susurré.

Holmes guardó rápidamente los documentos en su bolsillo, cerró los cajones y nos dirigimos a la puerta. Cuando la abrimos, nos encontramos cara a cara con Ava.

—¿Qué están haciendo aquí? —preguntó en voz baja.

Mi amigo sonrió con su característica calma.

—La pregunta más pertinente, señorita Levine, sería qué encontró Silas antes de morir.

Ava frunció el ceño, pero antes de que pudiera responder, una nueva conmoción en el exterior llamó nuestra atención.

Desde el cementerio llegaban voces alarmadas.

—¡Está ahí otra vez! ¡La sombra de Silas!

Nos apresuramos hacia la ventana y vimos cómo los asistentes al funeral señalaban en dirección a la colina. Sin embargo, esta vez no había nada.

Holmes cruzó los brazos y murmuró:

—Una distracción bien orquestada... la pregunta es, ¿con qué propósito?

Ava intercambió una mirada con Robert, quien acababa de entrar, todavía alterado por el incidente en la colina.

—¿Qué está pasando aquí? —preguntó con exasperación.

Holmes suspiró y se giró hacia nosotros con una expresión de satisfacción.

—Que debemos centrarnos en cazar a un fantasma, lo que parece que nuestro amigo Lestrade no ha conseguido, a juzgar por cómo resopla —contestó al ver al inspector en el quicio de la puerta.

El diario

Una hora después, Holmes se afanaba en seguir explorando el escritorio de Silas Livingstone. Habiendo comentado con Lestrade que el tutor de Ava parecía ser alguien sumamente desconfiado, por lo que no sería nada descabellado que hubiera más papeles o documentos en escondrijos secretos.

El hecho de que hubiera guardado un cofre en una habitación secreta que se escondía tras una estantería y que no hubiera depositado en él todos los papeles relativos a su pasado sino que parte de ellos los hubiera guardado bajo llave en su escritorio, nos había hecho pensar que podía esconder más cosas en más sitios.

—¿Quién seguiría buscando en su escritorio después de haber encontrado papeles en sus cajones? Realizado el hallazgo, cualquiera habría descartado la posibilidad de seguir mirando en él, pero... ¿y si el escritorio contiene algún compartimento secreto que no hemos descubierto?

Como tantas y tantas veces, mi amigo demostró tener razón y, tras un minucioso examen por su parte, dimos con un escondrijo que contenía un viejo cuaderno de cuero desgastado. Tanto Robert como Ava, así como el inspector Lestrade, permanecieron a nuestro lado, expectantes.

—Un diario —murmuró Holmes, con el rostro iluminado por la emoción de un hallazgo crucial—. Justo lo que necesitábamos.

Lo sostuvo en alto, dejando que la tenue luz de la lámpara revelara su antigüedad.

—¿Un diario? —pregunté, acercándome un poco más—. ¿De quién?

Holmes abrió las primeras páginas y leyó en voz baja:

Este es mi testamento, mi confesión y mi maldición. Nadie leerá estas palabras mientras yo siga vivo y, cuando mi vida se apague, todo quedará enterrado en las sombras. Pero lo que he hecho... lo que tuve que hacer... me atormenta cada noche. Samuel ha vuelto y no me ha dejado opción. He cometido el pecado que nunca creí que sería capaz de cometer. He matado a mi propio hermano.

Ava dejó escapar un leve jadeo.

—¡Dios mío!

—Samuel... —empecé a decir—. ¿Eso significa que el hermano gemelo de Silas realmente regresó?

—Así es —afirmó Holmes, pasando las páginas con manos ágiles—. Y, según estas líneas, el propio Silas lo asesinó.

El peso de la revelación cayó sobre la habitación como una losa.

—¿Pero por qué, señor Holmes? —preguntó Ava—. ¿Por qué mataría mi tutor a su propio gemelo?

Holmes se recostó en la silla y tamborileó los dedos sobre la tapa del diario.

—Porque el hecho de que Samuel Livingstone estuviera alejado de todo esto era algo que beneficiaba a Silas. Un hermano al que todo el mundo creía muerto. Que de repente

LA HABITACIÓN MALDITA

apareciera después de tantos años truncaba todos sus planes de disfrutar de una vejez tranquila. Samuel estaba reclamando su parte de la herencia familiar. Sabemos que Silas era un hombre autoritario y despiadado. ¿Qué posibilidades había de que aceptara compartir su fortuna con un hermano al que despreciaba? Ninguna.

Ava cruzó los brazos.

—Y por eso lo mató.

Holmes volvió a abrir el diario y pasó las páginas hasta encontrar la que buscaba.

—Aquí está su confesión. Escuchen esto:

Cuando Samuel volvió, creí que podría comprar su silencio, pero se reía de mí. Me recordaba lo que me había quitado y cómo nuestro padre siempre lo prefirió a él. Dijo que tomaría su parte por la fuerza si era necesario. No me dejó alternativa. Nadie puede desafiarme y seguir con vida. Nadie.

Ava y yo intercambiamos una mirada mientras Lestrade y Robert Livingstone permanecían mudos.

—¿Qué hizo con el cadáver? —pregunté con voz tensa.

Holmes hojeó más páginas.

—Aquí lo confiesa todo. Al parecer lo enterró en los terrenos de la mansión, en una tumba anónima, lejos de la casa para que nadie sospechara.

—Sí, pero... —empezó a decir Lestrade.

—Sé en lo que está pensando, querido amigo —le interrumpió Holmes—. Si Silas mató a su hermano, ni su asesino ni el misterioso fantasma puede ser Samuel Livingstone. Si es cierto lo que dice este diario, este último lleva ya un largo tiempo en el más allá. Esto explica el terror que debió de experimentar Silas cuando empezó a recibir cartas de alguien que firmaba con la inicial «S». Él sabía que no podían ser de su hermano, puesto que él mismo lo había matado. Ahora bien, si no eran suyas, ¿de quién podrían ser?

—Vamos, que entonces hay un tercer implicado —simplificó Lestrade—. Alguien que conocía este secreto y decidió vengarse.

Holmes cerró el diario con un golpe seco.

—Exactamente. Y ahora debemos descubrir quién es.

Ava se pasó una mano por el cabello, claramente abrumada.

—Pero... si nadie sabía que Samuel volvió, ¿quién podría haber descubierto la verdad?

Holmes apoyó los codos sobre el escritorio y entrelazó sus dedos.

—Alguien tuvo que haber visto algo aquella noche, hace años. Tal vez un sirviente, tal vez un antiguo socio. Lo que está claro es que el asesino de Silas tenía conocimiento de este crimen oculto.

Fruncí el ceño.

—¿Y si la persona que lo sabe es un familiar de Samuel Livingstone?

Holmes asintió lentamente.

—Desde luego, esa una posibilidad, mi querido Watson. Tal vez Samuel dejó descendencia y esa persona sea alguien que, no solo tiene derecho a la herencia de los Livingstone, sino que podría encontrarse detrás del asesinato de Silas. Resumiendo, que, cuando menos, parece que tenemos entre manos un claro caso de venganza.

Ava exhaló con nerviosismo.

—Pero... ¿quién puede ser?

Holmes se levantó con rapidez y le clavó la mirada.

—Cualquiera, señorita Levine, cualquiera. Muy posiblemente, quien menos podamos llegar a imaginar.

Visita a los archivos

Nada más amanecer, Sherlock Holmes nos despertó a Lestrade y a mí sin contemplaciones.

—Pero si todavía no son ni las...

No me dejó terminar y, haciendo caso omiso de mis protestas, me tiró la ropa encima de mi cama.

—No sea perezoso, Watson. Bastante dormiremos cuando partamos de este mundo. ¡Levántese ya! Lestrade, usted y yo vamos a hacer una excursión matutina al pueblo y espero que allí encontremos las respuestas que no hallamos aquí.

Apenas media hora después, sin haber desayunado en condiciones, Holmes, Lestrade y yo nos encontrábamos luchando contra el viento por las empedradas calles de la localidad más cercana a Livingstone Hall.

—¿Se puede saber qué estamos haciendo aquí, Holmes? —preguntó Lestrade con la misma indignación que yo sentía cuando mi amigo nos arrastraba a hacer lo que él quería sin darnos ninguna explicación.

—Si queremos entender lo que está sucediendo —comenzó a explicar—, debemos sumergirnos en el pasado. No se me ocurre una mejor forma de hacerlo que en los archivos parroquiales, donde encontraremos todo lo que queramos saber sobre los bautismos, matrimonios, defunciones... Todo ello se recoge en los registros sacramentales.

—¿Y hacía falta madrugar tanto? —siguió protestando Lestrade.

—¡Por el amor de Dios! ¡Ya lo creo! No es nada sencillo buscar datos entre la documentación histórica y ello bien pudiera ocuparnos toda la mañana. Por eso les he sacado de sus camas, porque me vendrá muy bien su ayuda. No hay nada como la cooperación entre los que buscan la verdad, ¿no cree, mi querido inspector?

No respondió. Tan solo se limitó a refunfuñar.

La iglesia del pueblo se erguía en el centro de la plaza. Tenía una vieja torre de piedra envuelta en musgo y humedad. Cuando entramos, fuimos recibidos por el párroco, un hombre anciano de rostro afable que nos observó con curiosidad, imagino que en parte extrañado por lo temprano que era.

—¿En qué puedo ayudarles, caballeros?

Holmes le dedicó una leve inclinación de cabeza y le explicó quiénes éramos antes de indicarle el motivo de nuestra visita.

—Buscamos registros antiguos, en particular de nacimientos y defunciones de hace unos veinticinco o incluso treinta y cinco años.

El párroco nos condujo hasta una sala que se encontraba en la parte trasera de la iglesia, donde enormes tomos encuadernados en cuero descansaban sobre estanterías desvencijadas. Nos invitó a que nos sentáramos y nos acercó una lámpara de aceite para facilitarnos la consulta, ofreciéndose para ayudarnos si lo necesitábamos.

—No será necesario —declinó Holmes la oferta—. Siga con sus quehaceres y ya le llamaremos si necesitamos algo.

Tan pronto hubo salido, nos pusimos manos a la obra. No llevábamos ni un cuarto de hora, cuando Lestrade dio las primeras señas de impaciencia.

—No veo qué sentido tiene esto.

—Tenga paciencia, inspector —replicó Holmes, con la mirada fija en las páginas amarillentas de otro tomo—. Si estoy en lo cierto...

De pronto, Holmes se detuvo y pasó un dedo sobre una inscripción.

—Aquí está —anunció con voz grave.

Lestrade y yo nos inclinamos sobre la página.

El registro indicaba que, en octubre de 1864, una joven llamada Margaret Danvers había dado a luz a una niña. Lo que nos heló la sangre fue la anotación que figuraba en el margen:

Padre no reconocido, pero presuntamente se trata de Samuel Livingstone. La madre murió en el parto.

Se produjo un largo silencio, aun cuando, por desgracia, aquella situación era bastante habitual.

—Dios santo... —susurré.

Lestrade se pasó una mano por el cabello.

—Entonces esa niña...

—Esa niña es la heredera legítima de los Livingstone —confirmó Holmes— y, si ha descubierto la verdad sobre su linaje y la muerte de su padre, bien podría estar buscando justicia a su manera.

Tras haber encontrado lo que buscábamos y después de haber agradecido al sacerdote que nos permitiera llevarnos el documento con la firme promesa de que se lo devolveríamos cuando ya no lo necesitáramos, salimos a la calle sin saber muy bien cuál sería nuestro próximo destino. Holmes no tardó en aclarárnoslo: el ayuntamiento y los archivos municipales.

No me extenderé sobre ello. Simplemente diré que la historia se repitió y, después de que esta vez nos recibiera el alcalde en vez del párroco, los tres nos vimos en una fría estancia llena de papeles viejos devorados por la humedad en la que, tras dos horas de búsqueda, acabamos encontrando que la niña fue adoptada por una familia humilde de la zona y que recibió el nombre de Judith Danvers.

—Así que aquí está nuestra misteriosa heredera —comenté.

Lestrade bufó.

—El problema es que no sabemos dónde está ahora.

—Y es crucial descubrirlo, puesto que todo indica que ella es la ejecutora que se encuentra detrás de todo y no creo que le tiemble el pulso a la hora de ir a por Robert Livingstone.

DESPUÉS DE QUE SHERLOCK Holmes dijera aquello y aun cuando él todavía se entretuvo hablando un par de minutos con el alcalde de Grinton, regresamos a toda velocidad a Livingstone Hall, angustiados por el hecho de que fuera demasiado tarde y que Judith Danvers o quien pudiera estar actuando en su nombre hubiera aprovechado el hecho de que los tres nos hubiéramos alejado aquella mañana de la mansión. La angustia se apoderó de mí, no por el nieto de Silas Livingstone, sino, lo confieso, por la posibilidad de que le hubiera sucedido algo a la joven Ava Levine.

LA HABITACIÓN MALDITA

Afortunadamente, no fue así y, nada más entrar en la mansión, encontramos a ambos en la biblioteca.

—¿Qué ha sucedido? ¿Dónde se han metido toda la mañana? —nos preguntó la chica, entre extrañada e indignada.

Holmes la ignoró por completo y se acercó al joven.

—Robert, debo hacerle una pregunta muy seria —dijo con gravedad—. ¿Reconoce el nombre de Judith Danvers?

Tras quedarse un instante pensando en ello, el interpelado negó con la cabeza.

—No, nunca lo había oído. ¿Debería?

Holmes respondió sin tapujos.

—Judith Danvers es la hija de su tío abuelo Samuel Livingstone.

El nieto de Silas Livingstone se puso en pie de golpe, derribando la silla en el proceso.

—¿Qué?

Lestrade suspiró.

—Sí, joven, y si ella ha estado detrás de lo que ha sucedido, significa que su familia aún está en peligro.

Robert se pasó una mano por el rostro, aturdido.

—¿Dónde está ella ahora?

—Eso es lo que debemos averiguar —dijo Holmes—, pero lo más probable es que no tarde en hacer su siguiente movimiento.

—Usted lo ha dicho, señor Holmes —anunció una voz a nuestras espaldas que hizo que todos nos volviéramos.

Allí se encontraban tanto la señora Grayson, el ama de llaves, como Pearson, el mayordomo. Ella llevaba una pistola en la mano con la que nos apuntaba.

Encañonados

La luz de los candelabros titilaba en la estancia, proyectando sombras alargadas en las paredes de la biblioteca de Livingstone Hall. En el centro de la habitación, la señora Grayson —o más bien, Judith Danvers, ahora que sabíamos su verdadera identidad— sostenía el arma con firmeza, mientras su mirada era fría y cargada de odio. A su lado, Pearson, el mayordomo, se mantenía impasible, con las manos cruzadas tras la espalda, como si la escena fuera un simple trámite en su plan meticulosamente elaborado.

Yo apenas podía respirar. Aquella ama de llaves, a la que apenas habíamos mostrado atención por el hecho de, según ella, haber estado fuera mientras se cometían los crímenes, se revelaba ahora como la mente maestra detrás de la venganza que había envuelto a la familia Livingstone en una espiral de muerte y locura.

Sherlock Holmes, de pie junto a la chimenea, la observaba en estado de máxima tensión, mientras el inspector Lestrade miraba con recelo el arma que empuñaba la mujer. Robert Livingstone, el último heredero de la familia y sabiéndose que era el objetivo, parecía paralizado por la sorpresa y el miedo.

La mujer rompió el silencio sin dejar de apuntarnos.

—Magnífica investigación, señor Holmes. Es usted merecedor de su fama, desde luego. Efectivamente, yo soy la niña que van buscando... bueno, ya no soy una niña, como pueden ver. Supongo que todos se preguntan cómo hemos llegado hasta aquí —dijo con voz gélida, con un destello de satisfacción en los ojos—. No se preocupen, se lo contaré todo. Al fin y al cabo, después de tantos años de espera, merezco que escuchen mi historia.

Nadie replicó. Yo mismo sentí un escalofrío recorrerme la espalda.

—Mi verdadero nombre es Judith Danvers, como han averiguado. Llevo con orgullo el apellido de mi madre, a quien esta familia de gente tan ruin y miserable arruinó la vida desde el momento en que mi padre se encaprichó de ella.

Robert Livingstone dejó escapar un leve jadeo, todavía en estado de shock.

—Mi madre murió al darme a luz —prosiguió el ama de llaves con frialdad—. Mi padre, incapaz de afrontar la responsabilidad de criarme, huyó del pueblo sin mirar atrás. Me dejó al cuidado de una familia humilde, los Robertson, que jamás ocultaron mis orígenes. Crecí sabiendo que mi sangre era la de los Livingstone... pero también entendiendo que nunca sería reconocida como tal.

Su voz tembló apenas un instante antes de recuperar su tono implacable.

—Viví con ese conocimiento, con la certeza de que había sido apartada como si no valiera nada. Pero no fue hasta años después cuando entendí realmente lo que significaba ser hija de Samuel. Lo busqué. Lo busqué durante años. Fui de un pueblo a otro, siguiendo su rastro. Recorrí media Inglaterra y, cuando al fin lo encontré, ya no era más que un hombre roto. Mi padre se arrepintió en cuanto me vio. Sus ojos se llenaron de lágrimas y me aseguró que nunca había dejado de pensar en mí. Su culpa lo había consumido y me juró que haría todo lo posible para enmendar su error.

Robert se removió en su sitio.

—¿Por eso regresó?

Judith Danvers sonrió con amargura.

—Sí. Mi padre tomó la decisión de enfrentar a su hermano y exigir lo que le correspondía. No por él, sino por mí —Hizo una breve pausa, a la que puso fin con palabras cargadas de profundo odio—. Silas se rio en su cara.

Recordaré el silencio que había en aquella habitación como uno de los más opresivos de toda mi vida.

—Mi padre le suplicó. Le recordó que eran hermanos y que su propia sangre corría por mis venas, pero aquel viejo avaro ya había decidido. No había lugar para otro Livingstone en esta casa. Destrozado, vino y me lo contó, prometiéndome que no se rendiría y que conseguiría que su hermano se comportara como era debido. Un día ya no regresó más.

Su voz descendió a un tono casi susurrante.

—Sabía que esta vez no había huido. Lo sabía. Aquel hombre estaba arrepentido de verdad. Siempre tuve muy claro lo que le había sucedido y no descansaría hasta que lo averiguara... y hasta que matara al que había sido su ejecutor. Sí, señores, pensaba en la herencia. No he dejado de hacerlo ni un solo momento, pero cuando vi que mi padre no volvía, lo único que me propuse como objetivo fue acabar con la vida de aquel miserable verdugo, volviéndolo loco y atormentándolo en la medida de lo posible haciéndole creer que su hermano había escapado de la muerte.

No podía apartar la vista de ella. El fuego de la chimenea iluminaba su rostro con un resplandor anaranjado, dándole un aire casi espectral.

—Usted se infiltró aquí como ama de llaves.

—Efectivamente, señor Holmes. No fue nada difícil conseguirlo. Mi primer objetivo fue acercarme a alguien de la servidumbre y Pearson, que cada noche tomaba algo en el bar del pueblo, fue mi instrumento. No conté con que daría con un hombre maravilloso como es él, el único que me ha querido de verdad en toda mi vida.

El mayordomo le pasó un brazo por encima del hombro.

—Nos enamoramos al instante. Acabé contándole quién era y él sabe que me hubiera desecho de él si me hubiera puesto el menor impedimento.

—Jamás hubiera podido ponértelo —añadió Pearson—. Llevaba ya mucho tiempo viendo cómo era realmente aquel hombre y las crueldades de las que era capaz.

—Las cartas... —musité.

—Sí, señor Watson —confirmó Judith—. Pearson y yo nos convertimos en el fantasma de Samuel. Conocía a mi tío lo suficiente como para saber que la culpa acabaría por consumirlo. Así que le envié cartas, una tras otra, escritas con fragmentos de cosas que mi padre me había contado sobre él y que, hasta el momento, solo habían conocido ellos dos.

—Fue usted además, señora Danvers, quien llamó nuestra atención sobre el presunto fantasma cuando estábamos en el cementerio. Imagino que no era otro más que Pearson adoptando la apariencia de Samuel Livingstone, sabiendo que convencería a todos gracias a la niebla y a la distancia a la que estaba.

Ni el mayordomo ni el ama de llaves respondieron. Simplemente, se echaron a reír con maldad.

Robert cerró los ojos con angustia.

—¡Hiciste enloquecer a mi abuelo!

—Por supuesto —admitió Judith con frialdad—. Día tras día, lo vi caer más y más en el abismo. Se volvió paranoico, atormentado por la idea de que su hermano aún vivía y venía a reclamar lo que era suyo. Fue así como, gracias a uno de sus delirios, me enteré de que había convertido la mayor parte del dinero de la herencia de mis antepasados en bonos del Estado que había escondido en un cofre.

—Cofre que se empeñaron en buscar por todos los sitios —añadió Holmes.

—Así es. En ningún momento dejé de pensar en acabar con aquel monstruo, pero sí le admitiré que encontrar aquel cofre se convirtió en nuestra prioridad. Quería ejecutar a aquel asesino de manera que, justo antes de morir, viera cómo la sobrina cuya existencia siempre negó había encontrado su precioso tesoro y además iba a ser la persona que le quitara la vida.

—De ahí las evidencias de remover tierra —siguió Holmes.

—No se imagina cuántas noches pasó el propio Pearson haciendo agujeros en lugares donde pensaba que podía estar encondido en función de tal o de cual detalle que Silas había comentado. No hubo suerte y, para no levantar sospechas, siempre tenía que volver a tapar todos aquellos hoyos, dormir apenas un par de horas y volver a tener que soportar los gritos de aquel loco al día siguiente. El esfuerzo que nos podríamos haber ahorrado si hubiéramos descubierto a tiempo el escondite tras la estantería de la biblioteca.

Ejecuciones y pasadizos

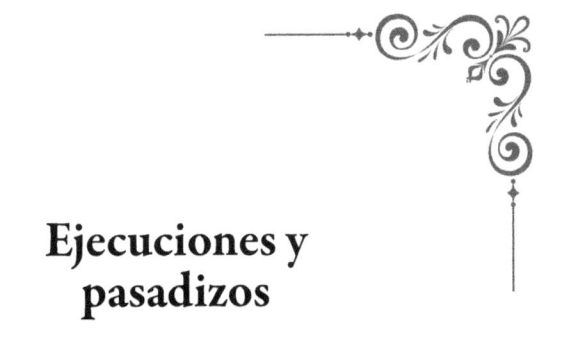

—¿Por qué matarlo antes de descubrir el paradero del cofre? Quiero decir, señora Danvers, que usted siempre tuvo en mente asesinar a Silas Livingstone, pero, después de tanto tiempo esperando pacientemente, de haberse infiltrado en el servicio y de haber incluso convencido a Pearson para que le ayudara, ¿por qué precipitar los acontecimientos? —siguió preguntando Holmes.

—Porque los dos sabíamos que todo se iba al traste. En el momento en que la frágil y protegida Ava le escribió para contratar sus servicios, tuvimos claro que no tardaría en descubrir quiénes éramos. Se lo he dicho antes, señor Holmes. Es usted merecedor de su buena fama. Por eso, tan pronto vi que ella echaba la carta al correo, decidí inventarme un familiar del que cuidar y por eso desaparecí unos días de aquí, para poder observar desde fuera todo lo que estaba pasando.

»Ustedes llegaron y Pearson y yo supimos que debíamos actuar. No encontraríamos los bonos, pero, desde luego, no nos iríamos de allí sin ajusticiar al verdugo. Como yo oficialmente me encontraba fuera, aquella noche Pearson echó una droga en la infusión que Silas solía tomar antes de dormir y en la que, si me permite decirlo, muchas noches escupía cuando era yo quien se le llevaba. El objetivo no era matarlo de esa manera, sino simplemente adormecerlo para que, cuando nos presentáramos delante de él, estuviera tan mermado que fuera incapaz de pedir ayuda.

»Cuando creíamos que todos estarían dormidos y lo tuvimos delante, nos presentamos ante él, le conté quién era. Aprovechando la leyenda que había sobre la habitación maldita y aunque nadie que tenga la más mínima inteligencia se creería una tontería así, le anuncié que iba a ser honrado con seguir la tradición familiar de muertes en aquel lugar. Imagino que Pearson no le echó suficiente droga porque, aun cuando nos había estado escuchando completamente alelado y siendo incapaz de hacer otra cosa que no fuera farfullar, consiguió reunir fuerzas y gritar de una forma que nos pilló desprevenidos.

»No me lo pensé y le rajé el cuello. Habíamos pensado en asfixiarlo con una almohada y que así se lo hubieran encontrado ustedes al día siguiente, pero aquel grito que consiguió dar nos dejó sin tiempo. No podíamos emplear la almohada y que ustedes entraran en la habitación. La puerta estaba cerrada por dentro, pero podrían haberla derribado, por lo que debíamos salir de allí cuanto antes.

—Imagino que por algún pasadizo —sugirió Holmes.

—La casa está llena de ellos... como todas las mansiones de por aquí, vaya. La aristocracia siempre los tiene para esconder sus vergüenzas o para salir huyendo como ratas si alguien va a por ellos. Pearson y yo conocíamos la casa al detalle y sabíamos que el propio Silas utilizaba uno que hay en su cuarto y que se esconde detrás de un gran tapiz colgante cuando quería hacer alguna escapada nocturna.

—De manera que todos los restos de tierra que encontrábamos no eran más que...

—Atrezo, señor Holmes, simplemente una forma de distraer su atención y que no repararan en el pasadizo —aclaró la mujer—. Debo decirle que ahí me defraudó usted enormemente cuando le dio tanta importancia. Jamás imaginé que el gran Sherlock Holmes mordería el anzuelo en algo tan simple como eso.

—¡¿Por qué mataron al detective?! —tronó Lestrade ante nuestra sorpresa—. ¿Acaso él tenía culpa de algo?

—No, señor inspector. No la tenía, pero simplemente me pilló en la habitación —aclaró la mujer—. Ninguno de ustedes sabía que yo en realidad no estaba cuidando de ningún familiar, por lo que podía moverme a mi antojo. Ustedes tampoco sabían que yo estaba escuchando todas sus conversaciones y movimientos desde el otro lado de la puerta del pasadizo. Oí cómo les echaba de allí y, aunque él se quedó un rato trasteando y poniéndolo todo patas arriba, al final él también abandonó la habitación.

»Imaginé que se uniría a ustedes, ya que Robert acababa de llegar. Sabía que era arriesgado, pero decidí jugármela. Entré en la habitación. Quizá todavía podíamos saber dónde estaba el cofre con los bonos y nunca se nos había ocurrido mirar en su habitación. Decidí aprovechar el momento porque sabía que, si no lo hacía, el señor Holmes acabaría descubriéndolo antes. Empecé a abrir cajones y a mirar en todos los sitios. En ese momento, se abrió la puerta y aquel detective se me quedó mirando. No le dio tiempo a decir ni a hacer nada. Pearson, que se encontraba detrás de él, se encargó de silenciarlo y, ya de paso, de alimentar la leyenda de la habitación maldita.

—Lo siento por aquel hombre —comentó el mayordomo—, pero no podía permitir que desbarajustara nuestros planes. Tus planes, mi querida Judith. No has hecho otra cosa más que reclamar lo que es tuyo y más que vengar la muerte de tu padre y, de alguna manera, también la de tu madre.

El silencio se apoderó de la habitación.

—¿Y ahora qué? ¿Vais a matarnos a todos los que estamos aquí? —preguntó Ava, en abierto desafío, que me pareció temerario.

—¡Cállate, niñata insolente! Eres tan culpable como todos los de esta maldita familia.

—El detective Hargrave murió por no vigilar sus espaldas. Es el mismo error que han cometido ellos —intervino Holmes, con una tranquilidad pasmosa.

La mujer lo miró llena de furia, mientras el mayordomo ponía cara de no entender lo que quería decir mi amigo.

—¿No cree usted que ese truco está ya demasiado visto, señor Holmes? —preguntó el ama de llaves, aunque con una sombra de duda en su rostro.

—Sí, cierto —contestó mi amigo—. Se utiliza muchas veces y, a menudo, suele ser un farol, pero no cuando vienes de hacer una investigación en el pueblo, has estado en el ayuntamiento y, antes de salir de allí, le pides al alcalde que no haga preguntas, que nos siga a distancia con tres o cuatro hombres armados, que entre en la mansión después de nosotros, que simplemente se dedique a escuchar y que intervenga cuando lo crea necesario. Sinceramente, no sé si me ha hecho o no caso, pero desearía por la vida de todos que así haya sido.

—Desde luego que lo ha sido, señor Holmes —se oyó una voz de fondo justo antes de que varios policías se abalanzaran sobre la señora Danvers y su devoto mayordomo.

El viaje de vuelta

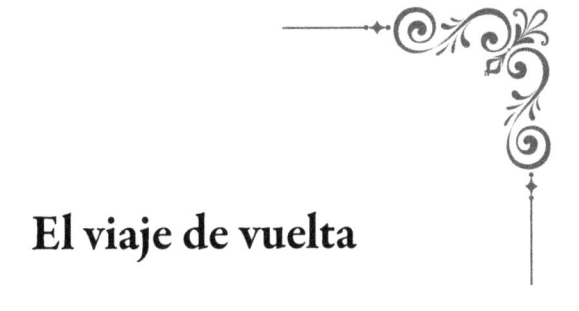

El traqueteo del tren se mezclaba con el sonido distante de la lluvia golpeando los cristales. A través de la ventana, el paisaje gris y brumoso del campo inglés se deslizaba ante mis ojos con una melancolía apropiada para el final de nuestra estancia en Livingstone Hall. Sentado frente a mí, Sherlock Holmes contemplaba el humo de su pipa con una expresión ausente, mientras el inspector Lestrade hojeaba distraídamente el periódico de la mañana, sin prestarle demasiada atención a las noticias.

Yo mismo, en mi rincón del compartimento, me encontraba sumido en la reflexión.

—Ironías del destino, ¿no les parece? —murmuré, rompiendo el silencio.

Holmes levantó la vista, arqueando una ceja en mi dirección.

—¿A qué ironía en particular se refiere, Watson?

Me permití una leve sonrisa, aunque no tenía mucho de humorística.

—Pues a que todo este asunto ha terminado con la revelación de que los verdaderos asesinos eran el ama de llaves y el mayordomo. Uno pensaría que un caso tan complejo y enrevesado como este tendría una resolución más... original.

Lestrade soltó una carcajada breve y seca.

—Sí, no se puede negar que es casi ridículo. Parece el final de una mala novela de misterio. «¡Fue el mayordomo!». ¿No es así como suelen ir esas historias?

Holmes exhaló una bocanada de humo y sonrió de lado.

—Un cliché, sin duda ninguna —concedió—, pero, como suele ocurrir, la realidad no tiene por qué ajustarse a los cánones literarios y tanto las amas de llaves como los mayordomos siguen siendo asesinos en la vida real. De acuerdo que no siempre y que, como usted dice, la Literatura ha abusado de ese tópico, pero de ahí a descartarlo por completo... No hay que olvidar que, a pesar de su aparente simpleza, Pearson y Judith Danvers planearon esta venganza con una paciencia y una meticulosidad admirables.

—¿Admirables? —preguntó Lestrade con escepticismo.

—Admirables en su ejecución, no en su propósito —aclaró Holmes—. Pasaron mucho tiempo esperando el momento adecuado, tejiendo una red de engaños en torno a Silas Livingstone, llevándolo poco a poco a la locura con las cartas de su supuesto hermano y, cuando vieron cómo nuestra presencia podía dar al traste con sus planes, lejos de acobardarse, no se detuvieron y siguieron adelante. Querían asegurarse de que todo el linaje Livingstone pagara el precio.

Me estremecí ligeramente al recordar la escena en la biblioteca, cuando Judith había confesado su historia con una mezcla de furia y orgullo.

—Lo que me sigue intrigando —dije, frotándome la barbilla— es si, en algún momento, Judith realmente creyó que podría salirse con la suya.

Holmes se encogió de hombros.

—¿Por qué lo duda, Watson? Las personas cegadas por el odio y la sed de venganza rara vez consideran las consecuencias de sus actos más allá del momento en que consuman su retribución. Judith Danvers y Pearson tenían su propia idea de justicia y no estaban dispuestos a que nada les detuviera.

Lestrade asintió.

—Los tribunales decidirán su destino, aunque no me cabe duda de que será la horca —. El inspector hizo una pausa—. Pero el lío legal que dejan atrás será considerable.

Holmes sonrió ligeramente, como si hubiera estado esperando a que alguien mencionara ese punto.

—Y aquí es donde se tornan interesantes los próximos días para los Livingstone —dijo—. Porque, por mucho que Robert haya heredado formalmente la fortuna, lo cierto es que Judith Danvers tiene un derecho legítimo sobre esa herencia. Es su tía, no lo olvidemos.

Lestrade frunció el ceño.

—Pero es una asesina.

—Eso no la despoja de su linaje —respondió Holmes con calma—. El derecho consuetudinario inglés es claro en ese aspecto. No se la puede privar de su herencia simplemente por haber cometido un crimen, a menos que la legislación local lo estipule de manera explícita. Y aun si se encontrara alguna laguna legal para impedirle reclamar la fortuna, sigue existiendo la posibilidad de que pueda transferir sus derechos a un tercero antes de su condena.

Solté un suspiro.

—Lo que quiere decir que, lejos de resolverse, el destino de Livingstone Hall y sus riquezas aún se encuentra en un estado incierto.

Holmes asintió con un leve brillo en los ojos.

—Exactamente, Watson. Me atrevería a decir que le esperan días muy interesantes a los abogados encargados de los diversos testamentos de Silas Livingstone.

Lestrade gruñó.

—Una complicación detrás de otra.

Holmes rio entre dientes.

—La vida rara vez es sencilla, inspector.

Se hizo un breve silencio en el compartimento, roto solo por el sonido del tren avanzando sobre los rieles. Entonces, sin levantar la mirada del periódico, Lestrade comentó:

—Me pregunto qué será de la señorita Levine ahora que su tutor ha muerto.

Mis pensamientos se dirigieron inmediatamente a la joven, cuya vida había sido trastornada por los acontecimientos de Livingstone Hall.

—No creo que tenga problemas para salir adelante —dije con sinceridad—. Es una joven con determinación y recursos. Ha crecido bajo la tutela de un hombre que, aunque no era el más afectuoso, sí la educó con una fortaleza admirable.

Holmes asintió, mirando por la ventana con expresión pensativa.

—Ava Levine ha demostrado ser mucho más fuerte de lo que cualquiera podría haber imaginado y, aunque su futuro en Livingstone Hall parece incierto, dudo mucho que se vea desamparada.

—Sin embargo, debe de sentirse terriblemente sola ahora —añadí—. En un solo golpe, ha perdido al hombre que, para bien o para mal, representaba su única familia.

LA HABITACIÓN MALDITA

—Tal vez —dijo Holmes con calma—, pero la soledad no es necesariamente una maldición. En ocasiones, es el punto de partida para descubrir quiénes somos realmente.

Reflexioné sobre esas palabras. Ava había demostrado una independencia y una voluntad que pocos habrían esperado de ella. Con o sin Livingstone Hall, estaba seguro de que encontraría su camino en la vida.

Don't miss out!

Visit the website below and you can sign up to receive emails whenever John H. Watson publishes a new book. There's no charge and no obligation.

https://books2read.com/r/B-A-IYPMC-UNGWF

BOOKS 2 READ

Connecting independent readers to independent writers.

Also by John H. Watson

Los casos olvidados de Sherlock Holmes
La joven de Hyde Park
La máscara de ónix
Las cajas de marfil
El péndulo ejecutor
La habitación maldita

www.ingramcontent.com/pod-product-compliance
Ingram Content Group UK Ltd.
Pitfield, Milton Keynes, MK11 3LW, UK
UKHW041011120225
455007UK00001B/6